MARACANAZO

A marca FSC® é a garantia de que a madeira utilizada na fabricação do papel deste livro provém de florestas que foram gerenciadas de maneira ambientalmente correta, socialmente justa e economicamente viável, além de outras fontes de origem controlada.

Arthur Dapieve

MARACANAZO
E outras histórias

ALFAGUARA

Copyright © 2015 by Arthur Dapieve

Grafia atualizada segundo o Acordo Ortográfico da Língua Portuguesa de 1990, que entrou em vigor no Brasil em 2009.

Capa
Daniel Trench

Revisão
Ana Kronemberger
Mônica Santos
Ana Grillo

CIP-Brasil. Catalogação na fonte
Sindicato Nacional dos Editores de Livros, RJ

D222m
    Dapieve, Arthur
        Maracanazo: E outras histórias/ Arthur Dapieve. –
    1. ed. – Rio de Janeiro: Objetiva, 2015.
    159p.

    ISBN 978-85-7962-435-3

        1. Estádio do Maracanã – Literatura brasileira.
    2. Futebol – Brasil – Contos. 3. Copas do mundo
    (Futebol). I. Título.

15-25078   CDD: 796.3340981
                                              CDU: 796.332(81)

[2015]
Todos os direitos desta edição reservados à
EDITORA OBJETIVA LTDA.
Rua Cosme Velho, 103
22241-090 — Rio de Janeiro — RJ
Telefone: (21) 2199-7824
Fax: (21) 2199-7825
www.objetiva.com.br

Sumário

Tempo ruim 9
Fragmento da paisagem 33
Inverno, 1968 61
Bloqueio 73
Maracanazo 83

Nota do autor 159

Now that you've found it, it's gone
Now that you feel it, you don't
You've gone off the rails

So don't get any big ideas
They're not gonna happen
You'll go to hell for what your dirty mind is thinking

"Nude", Radiohead

Tempo ruim

— Você vai pra praia com um tempo desses? Ouvi a pergunta milhares de vezes. Menti milhares de vezes:
— Assim sobra mais espaço na areia pra gente jogar bola...
Minha mãe suspira enquanto traz da cozinha o café e o pão francês. O café, ela acabou de fazer. O pão é o da véspera porque sou eu que compro, e não acordo cedo nas férias de meio de ano. A manteiga também fui eu que comprei no supermercado. Minha mãe não sai de casa há nove anos. Quer dizer, ela sai de casa, mas não atravessa rua nenhuma, e a padaria fica a duas quadras. Por isso, comprar pão passou a ser parte das minhas atribuições. Mais tarde, depois que cresci e que a vovó se cansou de servir de faz-tudo, ir ao supermercado e ao banco também passou a ser comigo. Minha mãe ficou com o jornaleiro, a farmácia e o açougue. Claro que ela não vai ao cinema há nove anos. Vive diante da TV.

— Então cuidado para não se machucar de novo... — pede.

Minha mãe não esquece um dia bem parecido com este, uns dois anos atrás, em que apareci com o lado direito da testa em carne viva porque uma bola molhada, pesada, toda grudada de areia, tinha raspado ali. Bem, foi isso que declarei, sério. Até hoje não sei se ela acreditou de verdade ou se preferiu não pensar nas alternativas. Fiquei com a marca na testa. Não chega a ser uma cicatriz, mas dá para notar que um dia ali faltou pele. A marca mexe com as meninas. Quando elas prestam atenção em mim, claro.

— Antes de ir jogar bola, leva a Pri pra fazer o cocozinho dela, por favor.

Minha mãe não precisaria nem pedir. A bicha sabe que a hora do alívio matinal está próxima a partir do momento em que nos levantamos da mesa do café. Ela dá seus latidinhos agudos, some dentro do quarto da minha mãe e volta com a coleira vermelha entre os dentes, como se sorrisse, à espera de quem será seu benfeitor. Como hoje chuvisca, serei eu. Troco o pijama de flanela e os chinelos pelo calção comprido e os pés descalços, pego minha chave, chamo a cachorra, desço. Enquanto a Priscila irriga e fertiliza os canteiros da Miguel, cruzo com a coroa gostosa do prédio de tijolinhos vermelhos, que tem a mania de trazer o cachorro dela para cagar do lado de cá da rua.

A coroa está fumando com cara de tédio, debaixo de um guarda-chuva florido, espremida dentro de um moletom cinza, esperando o cachorro se dar por satisfeito. Deve ter trinta e cinco, trinta e seis, quase a idade da minha mãe, mas ainda dá um caldo. É morena, tem cara de paraíba. Raimunda, sabe? Como sempre, ela me ignora, mas a Priscila salva as cores da família e mete o focinho comprido de fox terrier no rabo daquele poodle remelento dela. A coroa faz uma cara de desgosto, mas nem assim dá mostras de registrar minha existência. Faz meia-volta e segue em direção à Barata. Fico olhando o rabo dela. Nisso, o meu olhar cruza com o do porteiro moreno do 84, que fazia a mesma coisa, olhava o rabo da coroa gostosa do prédio de tijolinhos vermelhos, a gente ri e se dá bom-dia.

Chego perto do meio-fio e olho para a janela do nosso apartamento, meio escondida pela pequena marquise e pelos galhos mais baixos das árvores. Nem sinal da minha mãe, que ainda deve estar na cozinha lavando a louça do café ou já preparando o almoço. Assim, faço algo do qual ela não pode nem desconfiar, senão morre do coração. Solto a coleira da Priscila. Esse pouquinho de liberdade, junto com o prazer das entranhas esvaziadas, deixa a bicha ainda mais feliz, inocente, pura, rabinho abanando. Observo ela farejando a calçada de pedras portuguesas sujas e molhadas, atento para que não coma algo que não deve.

Mês passado, o boxer da outra esquina morreu envenenado porque comeu chumbinho para rato de um dos canteiros.

 Penso que vou ficar muito mais triste quando a Priscila morrer do que fiquei quando meu pai morreu. Eu tinha só oito anos. A Pri tem oito, quase nove agora. Ela já está comigo há mais tempo do que meu pai. Também somos mais íntimos e companheiros. Quando tempo dura um fox terrier? Doze? Treze anos? Meu pai durou pouco. Proporcionalmente, quer dizer. Difícil entender por que ele atravessou a rua sem olhar. O sinal que desce do Corte já tinha aberto. Como sempre, os carros vinham pisados, apostando corrida para ver quem fazia primeiro a tomada de curva na Nossa Senhora. Um Corcel GT velho jogou ele para o alto, o 473 lotado que vinha atrás passou por cima, um Fusca conseguiu frear, mas era tarde. Meu pai já era alguma outra coisa.

 Minha mãe viu tudo da janela do quarto. Acho que meu pai devia estar olhando para ela, a esposa mais ou menos feliz se despedindo do marido a caminho do trabalho na empresa de engenharia, mas isso é só impressão minha. Nunca perguntei para minha mãe se foi isso mesmo. Naquele dia, depois do que viu, ela não conseguiu sair da janela. Os porteiros da rua deram um jeito de isolar o corpo derramado meio no asfalto meio na calçada. O seu Francisco tocou a campainha lá de casa, ninguém atendeu, e ele ficou preocupado, achando que minha mãe pudesse ter morrido do coração. Os guardas de trânsito foram convocados para arrombar a porta. Encontraram minha mãe ainda parada em frente à janela, chorando em silêncio, as lágrimas escorrendo pelo rosto, ensopando o penhoar. O seu Francisco era safo, achou o número da vovó no caderninho perto do telefone. Só sei disso porque ele mesmo me contou, quando cresci um pouco. No dia do atropelamento, eu estava na escola. Lembro do inspetor Barbosa na porta da sala, confabulando com a dona Regina, os dois me olhando de um jeito sombrio.

Vovô me esperava no pátio da escola. "Uma coisa muito ruim aconteceu com teu pai", ele disse. Na minha memória, aquele foi um dia chuvoso, como hoje. Quer dizer, eu apaguei da memória certas coisas daqueles dias. Devo ter chorado, sem saber direito o que tinha acontecido de tão ruim com o meu pai. Só descobri em casa. Minha mãe estava no sofá, amparada pela vovó, e me abraçou soluçando. Entendi tudo, só não sabia como tinha sido. Tio Sérgio estava na rua, cuidando "das coisas". As coisas eram meu pai.

Antes que eu fique sentimental, chamo a Pri, recoloco a coleira, subo a escada e devolvo a cachorra para minha mãe sem nem entrar em casa. Minha mãe faz uma última recomendação, a de sempre, tomar cuidado ao atravessar a rua. Beijo ela, dou tchau e desço de novo, pulando os degraus para o térreo de dois em dois. Atravesso a Leopoldo, passo para o lado de lá da Miguel, espero o sinal da Nossa Senhora abrir, quase corro dele até a Aires Saldanha, dou uma olhada rápida para ver se não vem carro, não vem, engulo mais uns trinta metros de calçada. A imensidão da praia se abre diante de mim, clara, mesmo num dia assim. Não espero os sinais da Atlântica fecharem, atravesso no meio do trânsito. Um motorista me xinga de veado, eu rio e mando ele ir tomar no cu.

    O tempo realmente está feio paca. Aqui, no descampado, chove mais forte e até eu, o pinguim louro, sinto um pouco de frio. Dá para ver que está chovendo ainda mais forte lá para os lados do Leme, porque mal enxergo a pedra. Cruzo a areia pensando na minha mãe, coitada. Hoje não teria gente o bastante nem para bater uma dupla de praia, quanto mais uma pelada de onze contra onze. Mas o mar, o mar está maneiro. Não grande, ao menos não ainda, mas maneiro, promissor. De vez em quando quebra uma sequência bonita. Cada sequência me parece maior do que a anterior. Sim, o mar está subindo, sem dúvida. Não tem ninguém na água aqui no Posto Quatro e meio. Tem uns caras de morey boogie pegando as direitas lá na Bolívar e só. Por que haveria de ter mais gente, se é dia de semana, chove e faz frio? Só fominhas que nem eu amanhecem na praia. Talvez eu seja o mais fominha dos fominhas. Fico ansioso para meus conhecidos acordarem e virem pegar onda. Entrar sozinho num mar subindo rápido assim é a maior roubada. Uma câimbra e você já era. Tem que entrar no mínimo em dois, um zelando pela segurança do outro. Básico.

Na falta de companhia, fico em cima do barranco de areia, estudando as ondas, as correntes que se formam. Não tem um dia em que o mar esteja exatamente igual ao da véspera e esse é um dos grandes baratos da vida. Você acha que conhece um point, e ele te surpreende a cada manhã. De vez em quando, passa alguém fazendo Cooper na areia endurecida pela água e olha para cima, vendo um quase adulto observando o horizonte, insensível à chuva, ao vento e ao frio. Sou bom nisso. Quer dizer, não na pose, mas em pegar onda. Foi aquele meu tio Sérgio, irmão caçula da minha mãe, quem me ensinou a nadar. Ele tinha aprendido na piscina do Olímpico, com professor e tudo.

Mais tarde, quando meus pais não estavam prestando atenção da areia, fui aprendendo a pegar jacaré só de olhar os garotos mais velhos. Se eu tinha jeito para alguma coisa na vida era para aquilo. Ainda bem, porque eles jamais me pagariam uma prancha. O dinheiro nunca foi muito, e sempre havia outras prioridades. Ajudou que aqui na área o mar não é bom para pegar onda com prancha. Ele fecha muito rápido e muito oco, bate forte no fundo, às vezes bem pertinho da areia, dois dedos de água para amortecer a queda. Foi assim, aliás, que conquistei a marca na testa. A onda chupou a água quase toda para debaixo dela e, quando dei a cambalhota, raspei os cornos na mistura de areia, pedrinhas e conchas quebradas. O engraçado é que não doeu, não sangrou. Nadinha. Ficou em carne viva, só. Notei que tinha alguma coisa diferente comigo quando saí da água, e as poucas pessoas na areia ficaram olhando para a minha cara. Até achei que estavam admirando o autor da performance do dia. Mané. Quando cheguei na turma, o Gaúcho falou "cara, tu te fodeu", apontou para a minha testa e só então eu senti uma certa ardência. Passei o resto da manhã pensando numa desculpa. Pintou aí a história da bola grudada toda de areia.

Eu me dei mal naquele dia porque depois que fiquei mais velho, mais confiante, comecei a pegar ondas imitando o Alemão. O Alemão era uma lenda. Um cara que só aparecia quando o mar estava realmente alto. Alto não, medonho. Tinha sido um dos dois únicos caras a entrar na famosa ressaca de 1966. Apenas ele e o Presunto lá fora. Então, o Alemão só pegava ondas grandes paca. Não bastasse isso, o barato dele era despencar lá de cima de cabeça, sem pôr na frente o braço que poderia fazer a diferença entre uma onda segura e uma lanhada feia na testa. O Alemão despencava com as mãos para trás, como se estivesse fazendo uma reverência para o oceano. Era lindo. E podia ser perigoso. Mas tem alguma coisa bonita que não seja perigosa?

Corria a lenda de que o Alemão não tinha os dentes e sim uma dentadura de aço, como aquele gigantão dos filmes do 007. Diziam que ele tinha se dado mal numa de suas despencadas no Havaí. Tinha estraçalhado os dentes numa bancada de coral. Daí a dentadura de aço. Bem depois de eu ter começado a admirar o estilo do Alemão, bem depois até de eu ter começado a imitar o estilo do Alemão, nós ficamos amigos. Ele estava saindo da água, após uma daquelas sessões mitológicas, e fui dar os parabéns para ele. O Alemão não era muito alto, mas era assim gordo, gordo de forte, e olhou para aquele fedelho magricela que tinha coragem de ir falar com ele. Aí ele sorriu. Foi quando saquei que, dentadura de aço porra nenhuma, ele tinha os dentes normais. Ou, ao menos, uma dentadura normal. Meses depois, conversando com o Alemão, descobri que ele nunca tinha estado no Havaí. Só tinha ido à Alemanha, visitar os avós. Não sei se dá onda na Alemanha. Será que se hoje o mar subir bastante o Alemão vai vir?

Olho instintivamente para o paredão de prédios, na direção da Xavier. Nem sinal do Alemão. Tem pouca gente na calçada, gente com cara de turista que não quer perder a mundialmente famosa Praia de Copacabana só porque está chovendo e fazendo frio. Esse frio na terra deles deve ser alto verão. Estou rindo por dentro de um cara sem camisa, vermelho que nem um leitão por causa do sol dos dias anteriores, só faltando a maçã na boca, quando um ponto se destaca na calçada e começa a cruzar a areia na minha direção. É o

PQD, metido numa camiseta estampada. Não sei o nome dele, acho que ninguém sabe, mas ele mora na Domingos, e o apelido é porque prestou serviço na Brigada Paraquedista. Rola também o papo de que ele foi dispensado antes da hora por problemas mentais. Isso só torna o PQD mais legal. Apenas uma pessoa saudável pode ser dispensada por problemas mentais ao servir o Exército, certo?

— Fala, PQD! — bato continência de longe.

— E aí, Alain? — ele responde, meio envergonhado. Alain não é meu nome, mas eu conto essa história noutra hora. — Marzinho subindo, hein?

— Pois é, maneiro... Estava aqui esperando companhia pra entrar.

PQD funga antes de responder:

— Deixa eu acordar primeiro.

Ficamos os dois ali, em silêncio, só manjando as ondas. Gosto de pegar onda com o PQD. Ele não fica se mostrando e é calmo pacas. Se o cara se acostumou a pular de paraquedas todo armado, antes até de tomar café da manhã, ele não vai se estressar por pouco, vai? Ele não se estressa, não muito. Deve ter uns seis meses isso que vou contar agora, ainda era verão. Mar de verão é uma bosta, a água é fria demais, mal tem onda e, mesmo assim, a gente tem que se desviar da paraibada na hora de despencar. Naquele dia, as ondas estavam até melhorzinhas para a estação. Isso costumava deixar a água livre para quem entende do riscado, tipo eu e o PQD. Mas de vez em quando tem um suburbano que decide se mostrar para a suburbana e dá merda. Foi o que aconteceu. O sujeito foi pego em vez de pegar a onda, tomou as duas seguintes na cabeça e voltou lá para dentro do mar todo esbaforido, dizendo que ia morrer, ia morrer e o caralho. Nisso, ele pulou no pescoço do PQD. Erro feio. O PQD encheu a mão fechada na cara do suburbano, que apagou. Eu fiquei surpreso pela rapidez e pela intensidade da reação, mas o PQD me perguntou suavemente: "Vai ficar só assistindo ou vai me ajudar a rebocar esse infeliz pra areia?". Aprendi a lição. Às vezes, só a porrada salva. Um afogado em pânico pode arrastar mais gente com ele. Melhor ficar com um olho roxo do que com os pulmões cheios d'água. Quando o cara acordou, agradeceu a gente.

— Tou pronto — declara PQD. — Vamos nessa?

Respondo descendo o barranco correndo. Ele vem atrás, sem tirar a camisa, andando devagar. A gente fica em pé no raso com água morna pelas canelas durante alguns minutos, esperando acabar uma sequência que entrou. O mar continua subindo. A gente ri um para o outro, meio de nervoso. Tem que ser macho para entrar agora. Você não sabe como a coisa vai estar dali a cinco, dez minutos. A aparência da água também não está lá muito amistosa hoje. Com o céu pesado, nubladão, ela fica meio verde, meio cinza-escuro. Confesso que não ver direito nem o meu próprio pé lá no fundo meio que me dá nos nervos. Isso acontece desde que eu era criança, desde que vi *Tubarão* no Copacabana. Uma mulher na minha fila vomitou numa daquelas cenas toscas de gente mutilada, a hora em que a cabeça sai pelo buraco num casco.

    Na época em que o filme foi lançado, meus pais foram convidados por um casal de amigos para um domingo na piscina do clube deles, lá na Barra. Eu já sabia nadar, ninguém precisava se preocupar comigo, eu me aventurei até a parte mais funda. Sei lá o que me deu, mas eu sentia que tinha um tubarão dentro da piscina. Não adiantava abrir os olhos debaixo d'água, olhar em volta e só ver pernas e azulejos. Eu sentia o tubarão. Me deu um pânico cavernoso. Saí batendo braço depressinha. Quase voei pela borda da piscina. Pena que não tinha ninguém cronometrando meu tempo. Era recorde na certa. Deixei a respiração normalizar e fui comer batata frita na nossa mesa.

    Não vou dizer que me curei disso, dessa paranoia de tubarão. Mas a gente aprende a conviver com as doenças, não aprende? Só pode ser doença isso de sentir um tubarão branco dentro de uma piscina na Barra da Tijuca. Aqui, no mar, não é que não tenha tubarão, tem sim. De vez em quando, os pescadores da colônia lá do Posto Seis passam a rede de madrugada pela enseada e, quando tiram, vem uma dúzia ou mais de tubarões. Não são assim bem tubarões, são uns cações, menorezinhos, mas cheios de dentinhos que cortam do mesmo jeito. Para fingir que não estão comendo tubarão, as pessoas chamam de viola, de cação-viola. De vez em quando, minha mãe me manda comprar duas postas de viola na peixaria da Bolívar. A carne é boa. Gosto porque não tem espinhas. Dentro d'água, eu nunca vi nem cação, mas soube de um dia em que apareceu um mako perto da arrebentação aqui na nossa área. Mako é sinistro. Parece um peixe morto-vivo, aqueles olhos vazios, aqueles dentes parecendo adagas saltando para fora da boca. Mas aquele mako devia estar doente. Ficou besteirão até que as ondas o jogassem no rasinho. Encalhou. Alguém matou ele com um pau de barraca e vendeu o bicho justamente para a peixaria da Bolívar. Não sei se a carne presta.

— É agora! — diz PQD, me arrancando dos tubarões.

A gente caminha pela água, ela e a areia mexida do fundo pesando nas pernas. De repente, e essa é uma característica de Copa depois do aterro, vem o abismo. O mar começa assim suave e de repente despenca, fica bem fundo. É nesse ponto que a gente espera as ondas, batendo mãos e pés. Já tem mais uma sequência apontando lá no fundo. Parece uma sucessão de marolas, mas quando trombar com a areia na beira do abismo vai subir que é uma beleza. Pronto. Elas estão aqui. PQD é mais fominha do que eu e pega logo a primeira da série, mesmo sabendo que vai tomar o resto quase todo na cabeça. Olho ele emergir lá embaixo enquanto tento me colocar para pegar a minha onda. Despenco lá de cima, com as mãos para trás. Dou a cambalhota e me vejo lado a lado com o PQD. A gente ri porque a rainha está vindo e vai estourar bem aqui. Gosto de mergulhar por baixo da onda no último minuto, para apreciá-la em toda a sua beleza e para deixar a força dela me puxar para cima quando passa. Não tem nada mais bonito e potente do que onda. Uma vez eu me ferrei com isso. Calculei mal ou o mergulho ou a força da água. A onda me puxou foi para trás. Despenquei de costas. Quiquei sentado na areia, todo o impacto no meu cóccix. Fiquei surpreso de conseguir mexer as pernas. Dei sorte. Um conhecido meu da Miguel ganhou uma hérnia de disco numa dessas.

— Foi bom pra aquecer — digo ao PQD quando voltamos para além da arrebentação.

Ele não responde. Funga e dá uns tapas na própria cabeça para tirar a água dos ouvidos. Talvez aquela história da dispensa da Brigada Paraquedista seja verdadeira. Talvez o PQD não seja uma companhia segura em nenhuma outra situação, a não ser nessa. Ele nada bem paca e, ainda que tenha que encher a mão fechada na tua cara, vai te tirar do aperto. Não sou tão bom quanto ele, admito, mas continuo aprendendo coisas.

Todo dia a gente aprende, como eu já disse. Hoje, na hora de picar a mula, a gente vai ter que sair nadando paralelamente à praia, na direção do Posto Seis. A corrente está mesmo puxando forte para a esquerda e lá a gente não corre o risco de tomar toda a série pelas costas ao voltar para a areia. Ficar mais ou menos em frente ao ponto em que entramos no mar está dando um trabalhão. É engraçado, ter que nadar forte para ficar quase no mesmo lugar. Eu me posiciono à direita do PQD porque prefiro as esquerdas, sempre. Quase nunca pego onda para a direita porque caio sem querer, antes da hora, na frente dela. Estou trabalhando nisso. Mas só em mares menores, não hoje.

    Entre uma sequência e outra, o PQD não tira os olhos do horizonte, como se um maremoto fosse nos surpreender, mas eu gosto de ficar observando a areia, de costas para a ondulação. Sei que é um troço meio narcisista, mas curto ver as pessoas na areia me vendo pegar onda. Só que o dia está tão feio que a bilheteria está fraca. Tem três caras mais novos que eu não conheço. Um casal de turistas barrigudos. Um velho e seu cão pastor, dupla que eu manjo de outros dias. Mais adiante, além da Xavier, dois salva-vidas estão debaixo da barraca vermelha. Estão cagando para a gente. Sabem que quem entra num mar desses se garante. É impressionante como têm muito mais trabalho num marzinho de bosta, tipo verão. Tem mais gente, mas também tem muito menos onda.

Entra outra sequência, maior, como a gente esperava. Deu para ver a espuminha quebrando lá longe, sinal claro de que a rainha seria enorme. Ela agora está aqui na nossa frente e é mesmo sinistra. Temos que correr para não tomar na cabeça. Correr mesmo, não nadar depressa. Ela sugou tanta água que ficou raso. Tipo tsunami, saca? Corremos os metros finais, depois de sentir que nossos braços e pernas estavam batendo no fundo. O PQD tem as pernas mais compridas e chega a tempo de despencar da onda que já quebra. Adio o mergulho até o último minuto e sinto a força do mar passando por mim. Ao sair do outro lado, chove água salgada, como numa ducha forte que se mistura aos pingos da chuva que não para. Imediatamente forma-se uma boca à minha volta. A água efervesce com a areia mexida pela corrente que se forma da praia para o fundo. Parece que estou tomando banho de Alka-Seltzer. Escuto o PQD gritar de alegria lá atrás. Viro e concordo com a cabeça.

Fico alguns segundos sozinho na fronteira entre a areia e o abismo. Sinto uma paz danada. O mar é meu. Este é o meu elemento. Eu sou este elemento. Estou em casa nele. Meus pés são grandes e chapados, não preciso de pés de pato para chegar mais rápido na onda. A água salgada não arde nos meus olhos. Eu passo quase quatro minutos debaixo d'água. Sou bom nisso. Não jogo bem vôlei e só engano no futebol. Não sou bom para esportes de equipe. Não sou bom para esportes que valem ponto. Sempre gostei mais do Namor, o príncipe submarino, do que dos outros super-heróis. Eu tinha bonecos de plástico dele, do Homem-Aranha, do Homem de Ferro, do Thor e do Hulk. Dei tudo para o irmão caçula de um colega de escola quando achei que já era adulto o bastante para dispensar meus brinquedos. Besteira. Eu podia ao menos ter guardado o Namor.

— Muito foda! — PQD ainda comemora quando se coloca novamente à minha esquerda. — Senti a areia passar tirando fino do meu nariz!

— Achei que não ia dar tempo de pegar... — comento, sem grande entusiasmo.

A sequência seguinte não traz ondas tão grandes. Pego uma esquerda tranquila. Quando nado de volta, PQD vem deslizando na mesma direção. Tiro os braços da água, levanto a mão esquerda e giro uma manivela imaginária com a direita, como se operasse uma velha filmadora. PQD passa por mim sorrindo. A essa altura da manhã, devemos estar os dois com oito anos de idade. Mais meia hora disso e teremos sete. Mais uma hora, e o oceano terá se transformado em líquido amniótico com dois fetos dentro. Nunca saí do estado do Rio, nunca vi neve, mas imagino que seja o mesmo tipo de felicidade que leva os gringos a fazerem bonecos e guerra de bolinhas nas imagens da TV. Eles também ficam com sete anos a cada inverno nos Estados Unidos ou na Alemanha. Do jeito que o mar está, acho que vou ver o Alemão cruzando a areia daqui a pouco.

Não há mais séries pequenas. Cada uma é maior que a outra. Despenco de uma onda e sinto o peso da parede em cima de mim. Na tentativa de parar de chacoalhar feito uma meia velha numa máquina de lavar, cravo as unhas na areia para me segurar lá por baixo. Não dá certo. A corrente me puxa para lá e para cá, o bastante para eu tomar três outras ondas grandes na cabeça. Fico no limite do fôlego. Quando afinal consigo manter a cabeça fora d'água, no meio da espuma, PQD pergunta se está tudo bem comigo. Faço o sinal de positivo com o polegar. Ainda não recuperei a respiração para poder gritar de volta.

A coisa está ficando feia. Paro de descer as ondas. Minha diversão fica sendo montar as ondulações quase até o ponto de elas quebrarem. Por uma ou duas vezes, elas ameaçam me puxar para baixo. Praticamente não há mais séries agora. Há é uma sucessão aparentemente interminável de ondas pesadas e escuras. Não dá para pensar em sair. Nem de frente, porque eu seria atropelado por elas, nem para o lado, porque uma boca efervescente se forma atrás da outra. PQD também não pega mais onda nenhuma. Solta gritos de caubói quando cavalga as maiores. É preciso manter a pose. Dar a impressão de que a qualquer momento vai pegar uma onda. Tem gente olhando da areia, agora inclusive algumas meninas bem agasalhadas. A gente ri, mas é por leve desespero, como diz a música. Até um cara acostumado a pular de um avião se estressa numa situação dessas. Sinto PQD nervoso.

Vem um momento de calma, enquanto estamos presos numa boca, juntando energia para nadar na direção do Posto Seis. Então, alguma coisa roça na minha perna. Uma, duas vezes.

— Tem um peixe aqui — digo baixinho.

A coisa roça pela terceira vez na minha perna. Uma coisa áspera e fria.

— Tem um peixe grande aqui — falo mais alto e me afasto daquele ponto.

A uns dez metros, PQD não diz nada, apenas olha em volta. Mas é impossível ver qualquer coisa na água cinza-esbranquiçada pela areia remexida do fundo. Ficamos em silêncio, para tentar ouvir um pulo, uma rabeada, uma porra qualquer. Há apenas o zunido característico da boca, o mar de Alka-Seltzer. Faço uma força danada para que a palavra tubarão não apareça na minha mente, mas é inútil. Grande, áspero, frio.

— Vamos sair — digo, o mais calmamente possível.

PQD aponta o horizonte com a cabeça. Dá para ver a espuminha de uma parede de água submersa, enorme e hostil, parede que em breve irá se materializar em cima de nós. Nem pensar em sair agora. A gente tem é que entrar mais. Alguém na areia assobia alto para nos alertar do que já sabemos. A primeira onda da série aparece na nossa frente e é grande paca. Começamos a nadar feito uns loucos. Mergulhamos sob a onda apenas para ver que a segunda é ainda maior e parece mais distante. Perco a conta de quantas ondas furamos, no limite de tomarmos vacas. Aí encaramos a rainha. Ela deve ter uns cinco metros de altura. Puta que me pariu. A onda ruge, mas acho que consigo ouvir os gritinhos de excitação que vêm da areia. Nenhum de nós dois vai ter coragem de descer aquele troço. O Alemão teria. PQD calcula mal o tempo de atravessar a onda. Ela quebra em cima das pernas dele, fazendo com que seu corpo rodopie para trás e seja apanhado pela massa de água, jogado para o alto e atirado lá de cima. Sem paraquedas. Depois que a onda quebra, olho na direção da areia e só vejo espuma.

O PQD morreu?

Não tenho tempo para pensar mais nisso porque a onda seguinte, que me parece tão grande ou maior do que a que arrastou o PQD, aponta na minha frente. Vai dar, não vai dar, vai dar, não vai dar, vai dar, não vai dar... Deu! Depois, um pouco de sossego. A série se encerrou. No que me viro para a areia, vejo PQD nadando devagar na minha direção. Ele não fala nada. Não precisa. O zunido da boca que se formou engoliria qualquer palavra mesmo. Seria uma boa hora para nadar até o Posto Seis, mas o PQD ainda está botando os bofes para fora. Não vou deixá-lo ali, sozinho. Ele me diz algo, algo que não compreendo. Nado para perto dele. O que ouço, num fiapo de voz, é:

— O peixe.

Devo ter feito cara de quem não entendeu, porque ele repete:

— O peixe. Senti o peixe também.

Não vou entrar em pânico.

— Quando?

Ele aponta para baixo. Aqui. Agora. Puta que me pariu. Estico o pescoço, como se isso fosse me dar o poder de enxergar através da água. Não enxergo nada, claro. Ficamos ali. Um olho em torno da gente, outro na linha do horizonte. Nada acontece. É como se a gente tivesse sido teletransportado para outro lugar, outro dia que tem só a chuva em comum com o dia em que eu e o PQD entramos na água.

— Ali — sussurra PQD.

A uns cinco, seis metros de nós, há uma forma comprida, que se destaca mais escura na água verde-acinzentada. Eu e o PQD nos olhamos em silêncio, sem saber o que fazer. Tubarões sacam que as presas estão em pânico pelo modo espalhafatoso como elas nadam. Temos que mover os membros o mais suavemente possível, ao sabor do mar. Mas a forma escura não se move na água. Não é o tubarão que não pode parar de nadar? Senão ele afunda, li numa revistinha que comprei na época do filme. Não tenho tempo de me tranquilizar. Uma parte daquela coisa aflora à superfície. É uma cabeça sem os olhos, comidos pelos peixes.

— Pu-ta que pa-riu — soletro baixinho.

PQD olha espantado para a minha cara.

— Como assim, puta que pariu?

— Porra, cara, tu não viu a mulher?

— Que mulher?

Eu preferia que a mancha escura na água verde-acinzentada fosse um tubarão. Há anos eu antecipava o encontro com o peixe dentro do mar. Não que eu não fosse surtar, não é isso. Mas eu sabia como iria surtar. Não estou preparado para encontrar o corpo inchado e amarronzado de uma mulher. Submerso na mesma água que eu.

— Ali, cacete! — eu me exaspero.

O PQD gira a cabeça na direção da mancha escura.

— Tu tá de sacanagem, Alain?

— Que sacanagem, PQD, que sacanagem? Você não viu a mulher?

— Tomou muita onda na cabeça, foi isso?

— Vai dizer que tu não viu a cabeça da mulher pra fora d'água, cacete?

— Acreditar em sereia nessa idade, Alain?

— Sereia o caralho! — eu rosno feito a Priscila. — O que é aquilo, então?

PQD olha para a mancha escura que se expõe novamente à superfície. O corpo girou e agora vejo os cabelos da dona. PQD me olha ainda mais espantado.

— É só a porra de um tronco de árvore com umas algas enganchadas! Pirou, Alain?
— Tronco é o meu pau, PQD! Mulher morta!
— Tronco!
— Cadáver!
A discussão é interrompida porque entrou uma sequência e nós não vimos. A primeira onda já está quebrando em cima de nós. Nós três. A mulher some no meio da espuma. Eu e o PQD conseguimos furar a parede d'água. Só para constatar que depois dessa parede vem outra. E outra. E mais outra. O mar se acalma de novo, eu e o PQD ainda estamos vivos e olhamos em volta. A água na direção da praia está branca, nenhum sinal de tubarão, mulher, tronco, porra nenhuma, só espuma mesmo. Aqui na linha da arrebentação a água começa a efervescer. Sem dizer uma palavra, PQD se põe a nadar de costas, devagarinho para não brigar com a boca, na direção do Posto Seis. Eu tomo fôlego e vou atrás, nadando crawl, mas tendo o cuidado de manter a boca fora d'água, daquela água. Na hora em que surge uma nova sequência, estamos já na altura da Souza Lima. Ficamos olhando de lado as ondas rugindo lá na nossa área para não chegarmos na areia muito ofegantes. Nos arrastamos para fora d'água e começamos a caminhar de volta ao Posto Quatro e meio. Quando chegamos em frente à minha rua, não há nenhuma movimentação anormal, ninguém apontando alguma coisa

na água. Nenhum grupo de banhistas reunido em torno de um corpo estendido na areia. PQD diz:

— Tronco...

— Corpo... — respondo, sem olhar para ele.

— Tronco, pô.

— Corpo... — digo, sem dar tchau.

Subo o barranco de areia e só então noto que parou de chover. Atravesso as ruas quando os sinais ficam vermelhos para os carros. Priscila me recebe na porta, latindo. Minha mãe está na cozinha, com um lenço amarrado na cabeça. Pelo cheiro, teremos miúdos de frango e purê de batata para o almoço. Ela estranha eu voltar para casa tão cedo. Digo que na praia não tinha gente o bastante para montar dois times.

Fragmento da paisagem

Viena, 16 de janeiro de 1938. Imagino que Bruno Walter seja aplaudido como se não houvesse amanhã — isto, claro, se eu lançar mão de uma expressão de outro tempo, de outro mundo — quando retorna ao grande salão dourado da Musikverein pela porta à direita do palco, para reger a nona sinfonia de Mahler. Posso imaginar, ainda, que faz sol nesta manhã de domingo e que os seus débeis raios se insinuam através dos vitrais, iluminando os bustos de compositores há muito mortos. Sobre o estrado de madeira situado na extremidade leste do recinto retangular, logo abaixo dos tubos do órgão Rieger, espalham-se tensos os músicos da Filarmônica de Viena. Todos são homens, como de praxe, e estima-se que vinte por cento deles já sejam filiados ao proscrito partido nazista austríaco. Na sequência da *Anschluss*, dali a cinquenta e cinco dias, dois dos músicos judeus morrerão na cidade em consequência da perseguição; cinco sucumbirão em campos de concentração; nove se exilarão; e onze que são casados com judias ou considerados meio-judeus pelas Leis de Nuremberg viverão temendo a cassação das permissões especiais de trabalho. Quando a guerra for a meio, dali a quatro anos, sessenta dos cento e vinte e três músicos da Filarmônica de Viena serão membros do partido nazista alemão.

Em 26 de junho de 1912, pouco mais de um ano depois da morte de Mahler, o mesmo Walter e a mesma Filarmônica de Viena haviam feito a première mundial da mesma nona sinfonia no mesmo salão dourado da Musikverein. A obra tinha sido dedicada pelo compositor ao maestro, seu amigo fiel, além de assistente durante sete dos dez anos em que fora diretor artístico da então Ópera da Corte. Por três anos, Mahler também havia acumulado a regência da Filarmônica, na qual, numa manobra interesseira, os contratantes eram os mesmos músicos que ele empregava na orquestra da ópera. Pediu demissão, desgastado por picuinhas em torno de seus arranjos para obras de Beethoven, nas quais introduzia instrumentos e dobrava sopros para reequilibrar a orquestra, inchada em relação às formações do tempo do compositor. Os músicos descontentes vazavam a fofocada interna para a imprensa antissemita, que acusava Mahler, convertido por conveniência ao catolicismo, de ousar corrigir Beethoven. Nesse concerto matinal que carrego na cabeça, alguns dos que tocam trabalharam pessoalmente com Mahler, inclusive o *spalla* Arnold Rosé, seu cunhado, casado com a mais nova de suas irmãs, Justine. A ex-mulher do compositor, Alma, agora casada com o escritor Franz Werfel, também está presente à Musikverein. Perto dela, numa das primeiras filas, senta-se o chanceler austríaco, Kurt Schuschnigg.

Em 12 de fevereiro de 1938, vinte e sete dias depois do concerto, Schuschnigg cruzaria a fronteira com a Alemanha para encontrar o colega Adolf Hitler na casa de verão deste, o Berghof, em Berchtesgaden, nos Alpes bávaros. A intenção era apaziguar as relações bilaterais, que se deterioravam desde antes de Hitler, austríaco de nascimento, chegar ao poder no vizinho poderoso, cinco anos antes. A partir daí, os partidos nazistas de ambos os países redobraram esforços para que, de acordo com o desejo de seu *Führer*, a Áustria fosse anexada pela Alemanha. "Aquele Estado não é Estado coisa nenhuma", escreveu o ministro da Propaganda, Joseph Goebbels. "Seu povo pertence a nós e virá para nós." Tal afirmação não expressa apenas sentimento fraternal ou ideologia pangermânica. A Áustria tem matérias-primas, mão de obra qualificada e reservas em moedas estrangeiras, três condições essenciais para alimentar o exército que — a esta altura, só não está claro aos olhos dos covardes na Europa Ocidental — logo se porá em marcha também sobre outros povos. Esses povos não falam alemão, mas ocupam o

Lebensraum destinado, como que por direito divino, aos habitantes arianos do Terceiro Reich. Meus pais, presentes ao concerto na Musikverein, não estão entre eles.

Em 7 de março de 1933, o antecessor de Schuschnigg como chanceler, Engelbert Dollfuss, convencera o presidente Wilhelm Miklas a fechar o Parlamento por tempo indeterminado, aproveitando-se de uma sessão formalmente deixada em aberto durante um fim de semana inteiro para clamar pela manutenção da lei e da ordem. Dollfuss tornava-se, assim, um ditador, o cabeça do austrofascismo, oponente do austromarxismo preconizado pelo partido social-democrata, do qual papai era membro. O fascista-mor Benito Mussolini era então o grande incentivador de Dollfuss. Queria a Áustria como um escudo montanhoso contra as pretensões territoriais de Hitler. Temia que, se o país fosse anexado pela Alemanha, esta logo passaria a reclamar partes da Itália que, antes da Grande Guerra, haviam sido território do Império Austro-Húngaro, incluindo as cidades de Trento e Trieste. Mamãe sempre se referirá a Dollfuss como *Millimetternich*, velho apelido vienense que associava sua mania de grandeza e sua baixa estatura.

Em 12 de fevereiro de 1934, as milícias armadas de esquerda ligadas aos sociais-democratas se rebelaram contra sua proscrição por Dollfuss. Na repressão, quase mil pessoas morreram em toda a Áustria. Os milicianos entrincheirados num dos enormes conjuntos habitacionais construídos na época da administração social-democrata da capital, o Karl-Marx-Hof, só foram desalojados pela artilharia governamental. Papai chegou a acorrer até o local, na intenção de pegar em armas junto aos camaradas, mas tudo o que pôde fazer foi recolher seus corpos no meio dos escombros. Mamãe reparou na tosse que ele desenvolveu pouco depois da rebelião. "Querida, deve ser efeito da fuligem que inalei no Karl-Marx-Hof, logo passará", tranquilizou-a papai. Quinze líderes da Viena Vermelha foram julgados sumariamente e executados.

Em 25 de julho de 1934, foi a vez de as milícias nazistas, que também haviam sido proscritas por Dollfuss, fazerem sua tentativa de apeá-lo do poder. A essa altura, uma nova Constituição promulgada "em nome de Deus onipotente" pelo chanceler colocara todos os partidos políticos na clandestinidade, o que só estimulara as atividades dos seguidores de Hitler. Dollfuss foi assassinado dentro da própria Chancelaria por integrantes de um regimento clandestino da ss austríaca. Nunca houve consenso sobre o grau de envolvimento do *Führer* na tentativa de golpe que acarretou a morte de cerca de quatrocentas pessoas, mas acredita-se que ele lhe dera ao menos a sua aprovação. Apesar da eliminação de Dollfuss, o *Putsch* fracassou, como onze anos antes fracassara o *Putsch* da cervejaria, que o próprio Hitler ensaiara em Munique. O insucesso e a consequente prisão lhe proporcionaram o tempo necessário para escrever *Mein Kampf*. Papai possuía uma edição alemã do livro, que ficava num lugar de destaque no quarto da sua pensão em Neubau. Quando algum visitante apontava o aparente contrassenso de ser judeu e ler *Mein Kampf*, ele retrucava que era necessário saber como pensava o inimigo. "Além disso", argumentava, piscando o olho, "talvez seja útil para confundir os fascistas."

Em 25 de julho de 1934, o fracasso do golpe nazista deixou Hitler histérico. Ele tentou dissociar a Alemanha do assassinato de Dollfuss, chegando a fechar a sede do partido nacional-socialista austríaco em Munique. Temia ferir as suscetibilidades de Mussolini. Naquele exato momento, a mulher e os filhos de Dollfuss eram hóspedes do *Duce* em sua *villa* de Riccione, à beira do Adriático. A viúva recebeu a notícia do próprio Mussolini. A Itália mobilizou tropas na fronteira e ajudou um príncipe ultraconservador austríaco a ir de avião de Veneza a Viena, a fim de liderar a resistência aos nazistas. Temporariamente derrotados, estes ou fugiram pela fronteira alemã ou foram encarcerados. Os que se safaram mantiveram os atentados terroristas, matando mais oitocentas pessoas dali à data do concerto na Musikverein. Pouco a pouco, as relações Berlim-Roma se acalmariam, e até se estreitariam, o que elevaria a ansiedade e a tensão na antiga capital imperial que ficava no meio do caminho.

Em 25 de julho de 1934, quando Dollfuss tombou na Chancelaria, Hitler estava em Bayreuth, na Baviera, para acompanhar o culto anual a Wagner. Apenas a *Rienzi*, ele assistiu mais de quarenta vezes no decorrer da vida, desde que a primeira produção da ópera, vista em Linz, vinte e nove anos antes, despertara sua vocação política. O então adolescente vibrara com a figura — baseada num personagem real — do tribuno romano da Idade Média que esmaga os nobres e concede poder ao povo, para, numa reviravolta do destino, ser assassinado pela plebe no Capitólio em chamas. Interessante especular até onde Hitler imaginava que a ópera de Wagner previa o seu futuro, se até a glória nos braços do povo, livre dos judeus, ou se até o suicídio sob a Chancelaria em escombros. Seja como for, Hitler tinha boa companhia entre os compositores austríacos nessa idolatria. O catolicíssimo Anton Bruckner ajoelhou-se aos pés de Wagner quando o encontrou pela primeira vez. O judeu Mahler fora amigo de Bruckner e referia-se a Wagner como "o Mestre", apesar do patente antissemitismo de sua vida e de sua obra. Hitler adorava Bruckner quase tanto quanto gostava de Wagner, inclusive porque se identificava com o interiorano alvo de escárnio na elegante Viena. Mahler regera o *Tristão e Isolda* a que Hitler assistira em sua primeira visita à capital, vinte e oito anos antes. O *Führer* se lembraria para sempre de detalhes dessa montagem e admitiria privadamente os méritos do maestro. Porém, Mahler não passava de um judeu, convertido, mas judeu. Hitler baniu do Terceiro Reich a execução de obras de compositores racialmente impuros, como Mahler, Mendelssohn e Bruch.

     Em 16 de janeiro de 1938, portanto, Viena terá a última grande oportunidade em mais de sete anos para ouvir Mahler. As pessoas na Musikverein não sabem disso, mas pressentem. Mais ou menos por esta data, os habitantes da capital veem a aurora boreal bruxulear no céu durante algumas noites geladas. Mamãe e papai se deixam ficar até mais tarde nos jardins da cidade para assistir ao espetáculo de luzes esverdeadas e avermelhadas, que lhes parece misterioso e romântico. Ficam tentando associar as luzes a coisas e figuras. Ora colunas de fumaça, ora vultos humanos ou animais. "Lembro-me nitidamente de uma águia gigantesca", diria mamãe. Não apontam para o que veem no céu, pois temem ser transformados em estátuas. Riem de sua própria superstição, beijam-se, riem de novo. A aurora boreal é um fenômeno raríssimo na Europa Central. Nenhuma das pessoas presentes à Musikverein tem na memória o registro de quando foi a última vez que ela dera o ar de sua graça nessa latitude. Diz-se, entretanto, que a ocasião coincidira com a invasão da Áustria por Napoleão.

     Em 11 de julho de 1936, Schuschnigg tentara pela primeira vez implementar a distensão com Hitler, mediante um tratado de amizade. Nele, a Alemanha reconhecia a integral soberania do país vizinho, e ambos prometiam não interferir na política interna do outro. Entre as medidas especiais tomadas previamente para a sua implantação, a Áustria gradualmente liberaria a circulação de jornais nazistas alemães e incorporaria simpatizantes dos nazistas ao próprio gabinete de Schuschnigg. O chanceler escolheu nomes em quem confiava, mas fizera uma concessão a Hitler, não havia dúvida. No ano seguinte, a censura a *Mein Kampf* estaria levantada. Não seria o bastante. A cada vez que a Áustria cedia, a pressão aumentava ao invés de diminuir. Ao mesmo tempo, as notícias da Alemanha davam conta do recrudescimento da perseguição a judeus, socialistas e comunistas. Papai começou a falar em imigração. Para onde, ele não tinha muita ideia. Falava genericamente em "América".

Então, em 12 de fevereiro de 1938, vinte e sete dias depois do concerto na grande sala da Musikverein, Schuschnigg cruzaria a fronteira com a Alemanha para encontrar o colega Adolf Hitler na casa de verão deste, o *Berghof*, em Berchtesgaden, nos Alpes bávaros. Ao chegar, impressionado com a vista proporcionada pela janela panorâmica de trinta e dois metros quadrados no salão, o chanceler austríaco fez um comentário gentil. Foi imediatamente interrompido por Hitler. "Não nos reunimos para falar nem da bela paisagem nem do tempo", disse o *Führer*, pastoreando Schuschnigg para o seu escritório. Os dois ficaram a sós até a hora do almoço. Hitler partiu logo para o ataque. "O senhor não acredita que poderia me deter sequer por uma hora, acredita?", ironizou. "Talvez eu apareça em Viena, da noite para o dia, como uma tempestade de primavera." O gosto de Hitler pela opereta já havia se manifestado com a convocação de três oficiais superiores de ar particularmente belicoso para fazer mera figuração durante o encontro. Deu certo. Quando Schuschnigg lhe disse que apenas o presidente Miklas poderia fazer as exigidas nomeações de nazistas para postos-chave no gabinete e decretar anistia para todos os seus seguidores ainda presos, Hitler o expulsou do escritório e berrou pelo general Wilhelm Keitel, comandante das Forças Armadas. Quando Keitel entrou, afogueado, Hitler disse que só o queria por perto. Conversaram sobre banalidades durante dez minutos. Do lado de fora, Schuschnigg convenceu-se de que a ameaça de invasão era real, embora, ele não soubesse, a Alemanha preferisse tomar a Áustria sem derramar sangue ariano. O chanceler austríaco tomou como prova adicional da seriedade alemã o prazo de três dias que lhe fora dado para que cumprisse as exigências.

  Em 14 de fevereiro de 1938, vinte e nove dias depois do concerto na grande sala da Musikverein e véspera do fim do prazo, Schuschnigg conseguiu convencer Miklas a aceitar o acordo extorquido por Hitler em Berchtesgaden. O principal ponto era a nomeação do líder nazista Arthur Seyss-Inquart para o Ministério do Interior, com poder sobre a atuação das forças de segurança. Outro simpatizante de Hitler começaria a tratar da integração econômica entre os dois países, e os exércitos trocariam entre si dezenas de oficiais, na prática fundindo-se. Schuschnigg esperava afinal acalmar Hitler e ganhar tempo para manter a soberania do país. Entretanto, a Áustria começava a deixar de existir. Papai também corria contra o tempo. Perdera muito peso, começara a ter febre todas as noites e passara a tossir sangue. Mamãe fingia não notar.

Em 20 de fevereiro de 1938, um mês e quatro dias depois do concerto na grande sala da Musikverein, Hitler fez um discurso sobre política externa perante o *Reichstag*, em Berlim. Proclamou não estar mais "disposto a tolerar a permanência de dez milhões de alemães além de suas fronteiras". Referia-se à Áustria e à porção germanófona da Tchecoslováquia. Pela primeira vez, o discurso foi transmitido também pelas rádios austríacas, para uma audiência rachada entre nazistas jubilosos e patriotas preocupados. Os ânimos se acirravam. Meus pais, a essa altura, já tinham um destino em mente, um lugar que lhes parecia a salvo do ódio, lugar do qual tomaram conhecimento graças a um folheto em alemão que circulava entre os membros da comunidade judaica. Além disso, o clima tropical parecia propício ao tratamento de tuberculosos. Cabia apressar os preparativos para chegar até lá. A família de mamãe tinha dinheiro e contatos, mas desaprovava o seu namoro com papai, um esquerdista pobretão. Vovô dizia que preferia ver a filha mais nova se casar com um gói a vê-la com um comunista. Os recentes acontecimentos, porém, haviam convencido a família Morgenthau de que bom mesmo era ter a caçula viva. Seus pais e suas irmãs buscariam outros caminhos.

Em 24 de fevereiro de 1938, um mês e dez dias depois do concerto na grande sala da Musikverein, Schuschnigg respondeu a Hitler, garantindo que a Áustria cedera "até ali, mas não iria além". Emocionado, Bruno Walter ouviu o discurso no quarto de seu hotel na vizinha Praga, aonde fora reger a Filarmônica Tcheca. Lamentou ter de largar o rádio para cumprir seu compromisso. Ele mandaria um telegrama de parabéns ao chanceler, seu admirador, amigo desde que foram apresentados por Alma Mahler-Werfel. Embora fosse alemão, Walter adotara de vez Viena — e vice-versa — depois de ter deixado a Gewandhausorchester, de Leipzig, tão logo os nazistas chegaram ao poder e começaram a persegui-lo. Walter nascera Bruno Schlesinger. Trocara de nome incentivado por Mahler e suas irmãs. Hitler havia muito o citava nominalmente como um dos judeus que controlavam a música germânica. Não era uma posição confortável.

Em 9 de março de 1938, um mês e vinte e um dias depois do concerto na grande sala da Musikverein, Schuschnigg jogou sua última cartada para manter a Áustria viva. Sem contar mais com o apoio da Itália e sem conseguir comover a França e a Inglaterra, o chanceler anunciou para dali a apenas quatro dias, um domingo, a realização de um plebiscito no qual seus compatriotas decidiriam se queriam ou não se unir à Alemanha. Hitler ficou furioso com a convocação, com seus termos tortuosos e com os casuísmos introduzidos por Schuschnigg. O limite de idade para votar fora estabelecido em vinte e quatro anos, o que impedia a participação dos jovens, entre os quais grande parte era entusiasta do nazismo. Papai poderia votar, mas já não acalentava esperanças. Hitler deu um ultimato a ser cumprido até o meio-dia da sexta-feira anterior ao plebiscito: ou Schuschnigg renunciava e passava o cargo a Seyss-Inquart ou a Alemanha invadiria a Áustria.

 Em 11 de março de 1938, um mês e vinte e três dias depois do concerto na grande sala da Musikverein, a votação foi suspensa, Schuschnigg renunciou e, apesar da relutância do presidente Miklas, passou o cargo a Seyss-Inquart. Depois do discurso de despedida do agora ex-chanceler, proferido numa voz cansada e finalizado com o brado "que Deus proteja a Áustria!", a rádio tocou a oitava sinfonia do vienense Schubert, a *Inacabada*, de trágica dignidade. Mamãe não tinha mais simpatia por Schuschnigg do que tivera por Dollfuss, mas tinha pavor de Hitler. Chorou copiosamente no ombro de vovó, diante da família unida em torno do rádio, na biblioteca do espaçoso apartamento na Schottenring. Papai estava nos subúrbios, ouvindo o discurso entre camaradas estupefatos. Mamãe ainda não sabia, mas ele juntara suas economias a dinheiro fornecido em segredo pelos Morgenthau e comprara uma única passagem para o Brasil, num transatlântico italiano que partiria de Gênova dali a um mês, o *Conte Biancamano*.

Na madrugada de 11 para 12 de março de 1938, conforme o concerto na grande sala da Musikverein caía em esquecimento, as tropas alemãs cruzaram a fronteira, atendendo a um pedido do chanceler Seyss-Inquart para que a Alemanha ajudasse a restaurar a ordem, ordem rompida apenas pelos próprios nazistas, que se lançaram com crueldade sobre rivais políticos e judeus. A dimensão das multidões que saudaram as colunas da *Wehrmacht* surpreendeu o mundo. Foi como se tivessem esquecido que o antissemitismo estava enraizado na Áustria e que a *Anschluss* nunca saíra inteiramente da pauta nacional desde o fim da Grande Guerra e a consequente dissolução do Império Austro-Húngaro. Enquanto isso, Schuschnigg era mantido preso na sua residência no Belvedere, perto da Auenbruggergasse, onde Mahler residira durante onze anos. De lá, Schuschnigg iria sucessivamente para o quartel improvisado pela Gestapo no Hotel Metropole, para a sede da Gestapo em Munique e para os campos de concentração de Sachsenhausen, Flossenbürg, Dachau e Südtirol. Ele sobreviveria à nova guerra.

Na tarde de 12 de março de 1938, sábado, Hitler cruzou a fronteira austríaca por Braunau am Inn, sua cidade natal. Havia muito ele antecipava um retorno triunfal ao país que o tinha desprezado. Na véspera, ao receber as boas notícias de Viena, ouvira a sétima sinfonia de Bruckner, chorara e só sossegara quando recebera o sinal de que Roma enfim nada mais obstava à *Anschluss*. Ato contínuo, jurara lealdade eterna a Mussolini. Ele cumpriria a palavra. Na Áustria, a comitiva do *Führer* avançou de Braunau am Inn a Linz lentamente, de modo a evitar atropelar as multidões histéricas. O *Führer* foi ainda a Leonding, onde depositou flores no túmulo dos pais e visitou a antiga casa da família. Ele adiou deliberadamente a chegada a Viena, fazendo-se esperar, em um típico exercício de poder. Enquanto isso, os primeiros soldados alemães a entrar na capital ficaram surpresos ao serem bombardeados com flores e chocolates. Mamãe não ousava sair de casa. Papai circulava taciturno entre concidadãos eufóricos.

No final da tarde de 14 de março de 1938, segunda-feira, Hitler afinal chegou a Viena e se hospedou bem atrás da Musikverein, no Hotel Imperial, que servira de residência a Wagner e sua família durante dois meses, sessenta e três anos antes, quando "o Mestre" estivera na cidade para montar *Tannhäuser* e *Lohengrin*. Várias vezes, Hitler foi chamado à sacada pela multidão. No dia seguinte, o *Führer* falaria para mais de 250 mil pessoas na Heldenplatz, proclamando a entrada de sua terra natal no Reich alemão. Dois dias antes, Seyss-Inquart formalmente dissolvera a Áustria. Doravante, ela deixava de existir como Estado independente e se tornava "Província Limítrofe Oriental do Povo Alemão". A essa altura, Bruno Walter já estava a salvo, na Holanda, aonde fora reger a orquestra do Concertgebouw. Pelo rádio, na madrugada fatídica, ouvira o "amigável dialeto vienense" ser substituído pelo "triunfante som do jargão berlinense", palavras suas, e as valsas tocadas nos intervalos entre as notícias serem substituídas por marchas militares prussianas. O maestro escreveria a um amigo: "Se você pensar na mais bela mulher, cuja beleza foi destruída por varíola ou uma doença pior, e agora vaga como uma caricatura dela mesma, parecendo ela mesma, mas ao mesmo tempo gerando horror — este é o destino da Áustria e de Viena em particular". Só depois da guerra Walter regressaria à cidade que tanto amara.

  Em 16 de janeiro de 1938, há duas máquinas que gravam diretamente em disco a postos na Musikverein, de modo a assegurar a continuidade do registro da nona sinfonia conforme os operadores tenham de ir trocando as vinte matrizes de aproximadamente três minutos e meio cada. Será a primeira gravação desta que é a última sinfonia finalizada por Mahler (a décima seria para sempre um torso, completado de diversas maneiras por pessoas diferentes). O compositor desprezava o metrônomo, não assinalava os tempos em suas partituras e dizia a outros maestros que "tudo depende do clima" no momento e no local da execução de suas obras. Daí a notável maleabilidade de movimentos ou de sinfonias inteiras, ainda que tocados sob a batuta de um mesmo regente. Esta manhã, Bruno Walter e a Filarmônica de Viena levarão penosos 70:43 para atravessar a sinfonia. Vinte e três anos depois, no American Legion Hall, em Hollywood, Bruno Walter e a Sinfônica Columbia levarão relaxados 81:06 para fazer o mesmo. Se tudo depende do clima, ele não é bom no grande salão dourado da Musikverein enquanto Walter retorna ao pódio, depois de reger apressadamente uma sinfonia de Mozart — a de nº 38, alcunhada *Praga* — que não será gravada e que será varrida de todas as memórias pelo Mahler que se seguirá. Nem Alma Mahler-Werfel, nem Kurt Schuschnigg, nem Esther Morgenthau, nem os demais espectadores, muitos deles judeus, mencionarão Mozart quando recordarem aquela manhã. Nunca entendi por que a viúva do compositor e o chanceler austríaco teriam comparecido àquela apresentação em particular, num domingo pela manhã, já que o mesmo programa fora executado na noite anterior, de sábado, supostamente mais nobre. Mas é esta versão dos fatos que me interessa, com a sala cheia de pessoas importantes, tão importantes quanto meus pais. Talvez as lembranças coletivas tenham fundido todas as demais presenças ilustres nas duas récitas na manhã em que a nona sinfonia foi majoritariamente registrada. A numeração de duas das vinte matrizes, finalizadas pelo número 1, indica que o começo do *Rondo-Burleske* e o final do *Adagio* foram aproveitados do concerto noturno da véspera.

    Seja como for, a gravação realizada graças ao empenho presciente do produtor americano Fred Gaisberg, que estava prestes a se aposentar, torna o concerto matinal de 16 de janeiro de 1938 na Musikverein eternamente presente, eternamente enigmático, eternamente ameaçador, conforme mais uma vez pego o CD na estante e o ponho para tocar. Depois que o *Andante comodo* se põe em movimento, hesitantemente, como um trem a vapor que deixa a estação rumo a um destino ignorado a leste, logo depois que os violinos entram no primeiro tema, a 1:02, há uma tosse, curta, contida, próxima a um dos microfones. É Joseph Rosenzweig. Papai. Tenho certeza. Um violinista judeu da Filarmônica, seu conhecido, um dos músicos que logo morreriam em Theresienstadt, lhe conseguira dois bons ingressos, nas primeiras filas da Musikverein, para que, ao menos uma vez na vida, e é doloroso pensar como esta expressão logo assumiria um sentido literal, papai pudesse fazer bonito com mamãe, Esther Morgenthau. Todas as outras vezes que os dois foram juntos assistir a algum concerto na casa, e não foram poucas durante quase meia década de namoro, começados quando mamãe tinha apenas dezesseis anos, ela o havia acompanhado aonde seus vencimentos como tipógrafo alcançavam: o setor destinado aos espectadores que ficam em pé, nos fundos da grande sala, setor de ingressos muito baratos. Chegavam cedo, faziam fila do lado de fora do prédio, depois faziam fila no primeiro andar, por fim, faziam fila no segundo andar, antes de poderem se apressar salão adentro para evitar ficar atrás de uma das quatro colunas. Nunca se cansavam, não só porque eram jovens, mas porque o amor e a música os sustentavam.

    Nesta manhã, portanto, papai e mamãe estão excepcionalmente sentados, perto do palco, perto dos microfones. Quem tosse a 1:02 é ele, tenho certeza. Outras pessoas expiram com brusquidão durante o *Andante comodo*. Um homem tosse mais distante, com intensidade, a 8:10. Uma mulher tosse rapidamente, a 8:52. Outro homem tosse numa explosão mal-educada, a 13:20. Joseph Rosenzweig — e se escrevo novamente o seu nome por inteiro é na tentativa de mantê-lo vivo, para sempre, em 16 de janeiro de 1938 — volta a tossir perto do final do movimento, a 23:13, com a mesma discrição da primeira vez, como um judeuzinho que não quisesse ser descoberto ocupando um lugar que não poderia ser o seu, não naquela cidade, não naquele tempo. Antes do final do movimento, outra mulher tosse pouco, mais ao longe. Por segundos, segue-se o silêncio ambiente da sala, Bruno Walter respirando ali, Arnold Rosé respirando ali, Alma Mahler-Werfel respirando ali, Kurt Schuschnigg respirando ali, meus pais respirando ali, os músicos judeus respirando ali, os músicos nazistas respirando ali. O chiado da gravação é um vento gelado que se esgueira pelos corredores da Musikverein.

As pessoas continuam a tossir, embora com menos frequência e intensidade, durante o *Im Tempo eines gemächlichen Ländlers*, o *Rondo--Burleske*, o *Adagio*. É como se Walter e os músicos da Filarmônica de Viena, tanto os judeus quanto os meio-judeus e os nazistas, fizessem com que a sinfonia se tornasse desconfortável demais para tossir, até mesmo durante pausas entre movimentos. Alguns estudiosos sugerem que a nona, composta em seis semanas de 1909, captava o *Zeitgeist* que, dali a cinco anos, faria arrebentar a Grande Guerra, interrompendo mais de quarenta anos de fé na racionalidade, no progresso e na paz europeus. Entretanto, para outros, talvez a antena de Mahler tenha captado sinais ainda mais distantes, trinta anos mais distantes, de um mal maior: a Segunda Grande Guerra. Como parte interessada, alinho-me a estes. A gravação de 16 de janeiro de

1938, regida por um maestro tão íntimo do compositor quanto Walter, tão alvo do antissemitismo quanto Walter, é a comprovação da qual necessito. É possível, porém, que a história dos meus pais comprometa essa percepção, assim como a memória coletiva pode ter misturado a plateia com a da véspera. No final das contas, somos frutos não dos fatos em si, mas do que e de como nos lembramos deles.

Mamãe se lembrava, ou dizia se lembrar, se formos levar em conta a hipótese que acabo de aventar, de que ela e papai saíram em silêncio da Musikverein e, apesar do frio, foram se sentar num dos bancos do outro lado da rua, em frente à Karlskirche, na qual Mahler e Alma tinham se casado mais ou menos àquela hora, uma e meia da tarde, noutro domingo, o chuvoso 9 de março de 1901. Lembrava-se ou dizia se lembrar disso porque, mais uma vez, papai lhe recordara que Mahler enganchara uma de suas insólitas galochas num dos bancos da igreja e caíra comicamente diante do padre. Ou ao menos, descobri mais tarde, era assim que Alma descrevia a cerimônia. A viúva nunca pôde ser acusada de fidedignidade em seus próprios relatos. Ela é desmentida todo o tempo pelos estudiosos que se lançaram com intensidade sem paralelo sobre a vida de Mahler.

Papai também era obcecado por Mahler. Nascera em Viena na manhã de 19 de maio de 1911, poucas horas após a morte do compositor.

Seus pais eram apenas o que, neste outro tempo, neste outro mundo, se chama de "remediados", dois funcionários da administração de uma pequena confecção de casacos. Contudo, a oferta musical na capital sempre fora vasta o bastante para caber em qualquer orçamento, desde que houvesse um orçamento, o que era o caso deles. O casal Rosenzweig frequentava com a assiduidade possível a Ópera, a Musikverein e o Theater an der Wien, a partir de certa altura acompanhados por seu filho único. Desde pequeno, papai demonstrara especial entusiasmo pela obra de Mahler, o que, segundo ele mesmo contara a mamãe, meus avós paternos creditavam ao forte elemento judaico na música do compositor. Eles lamentavam não ter dinheiro para proporcionar uma educação musical ao filho, mas faziam planos de ao menos lhe comprarem um violino usado e lhe pagarem algumas aulas com um vizinho. Não tiveram tempo de concretizar seus sonhos. Ambos morreram na pandemia da Gripe Espanhola que se disseminou pelo globo a partir do final da Grande Guerra. Papai teve sorte em sobreviver. Aos sete anos, passou a viver num orfanato mantido pelos membros mais abastados da comunidade. Lá, aprendeu o ofício de tipógrafo que o sustentaria durante a breve existência. Morava num quarto de pensão e conseguia economizar uma pequena quantia mensal de coroas para continuar frequentando as casas de ópera e concerto que conhecera com os pais. "De pé é mesmo a posição moralmente correta de se escutar boa música", brincava com mamãe.

A forte ligação emocional de papai com a música de Mahler fez com que, ainda adolescente, ele declarasse que a única explicação plausível seria a de que era o próprio compositor reencarnado, poucas horas depois de ter desencarnado. Mamãe nunca entendeu bem esse arroubo de misticismo, nunca teve certeza se papai falava com inteira seriedade ou se fazia mais uma de suas blagues, mas achava charmoso aquele rapaz um pouco mais velho fascinado daquela maneira por um compositor que ela também apreciava, embora não mais do que apreciava os arianos Beethoven e Brahms. Papai e mamãe se conheceram, como não poderia deixar de ter sido, sob os olhares de Mahler, ou melhor, de seu busto em bronze esculpido por Rodin, colocado entre os de outros ex-diretores da casa, no foyer Schwind, na já então Ópera Estatal. Numa Viena rigidamente estratificada, os intervalos das óperas propiciavam um ponto de encontro entre as classes, um dos poucos em que uma adolescente da alta burguesia judaica podia, num momento de distração de suas irmãs mais velhas, ser abordada por um tipógrafo judeu comunista sem causar uma revolta social. Mamãe não se lembrava mais qual tirada brilhante fizera com que se apaixonasse por papai, uma ou duas frases essenciais na minha história que se perderam para sempre, mas tinha certeza de que a ópera em cartaz era

Fidelio. O flerte no foyer duraria alguns meses, até que mamãe confrontasse a família, declarando-se envolvida com Joseph Rosenzweig. "Quem?", horrorizaram-se meus avós, incapazes de localizar o nome entre as famílias abastadas da comunidade. Minhas tias, no entanto, logo ligaram o nome à pessoa. A atitude de mamãe não era rara em Viena. A cidade abrigava mulheres modernas, senhoras de si, entre elas, claro, Alma Schindler, posteriormente Mahler, posteriormente Gropius, posteriormente Werfel, sem mencionar os sobrenomes de amantes como Zemlinsky e Kokoschka. Tipos criativos exerciam efeito perturbador sobre ela. E vice-versa.

Por ter estado mais perto de Mahler do que qualquer outra pessoa na face da Terra, Alma despertava vivo interesse em papai. Ele já a tinha visto de longe em algumas ocasiões. Naquela manhã de 16 de janeiro de 1938, sentados a pouca distância da quase sexagenária que conservava traços da beleza que convulsionara a intelligentsia vienense, meus pais apreciaram seu perfil durante minutos, em silêncio, até que mamãe fingiu-se enciumada. Papai entrou na brincadeira e passou a mimá-la com palavras, palavras das quais mamãe também já não se lembrava, mas que mencionava com evidente prazer. Quando, depois do Mozart, depois do Mahler, eles foram se sentar em frente à Karlskirche, o ânimo já era outro. A plateia aplaudira com fervor — embora a gravação da nona sinfonia seja interrompida abruptamente antes disso — e deixara a Musikverein em silêncio, imersa em pensamentos inconfessáveis. Se os de meus pais eram sombrios, é certo que os nazistas na orquestra e na plateia tinham esperança de que a crise com a Alemanha lhes fosse favorável.

Meus pais não tiveram ânimo de almoçar na tarde de 16 de janeiro de 1938. Depois de meia hora conversando sobre Mahler em frente à Karlskirche, levantaram-se e foram tomar café. Como todo vienense do começo do século XX, papai tinha o "seu" café. Sendo obcecado por Mahler, era natural que o "seu" tivesse sido, antes, um café frequentado pelo compositor, dentre outros artistas e intelectuais. O Sperl ficava — e até onde sei, ainda fica — na Gumpendorfer Strasse, esquina com Lehargasse, numa ladeira quase imperceptível de tão suave, não muito distante da pensão em Neubau, não muito distante da Musikverein. No verão, mesas eram colocadas na calçada fronteira para os frequentadores tomarem cerveja, mas, mesmo então, papai preferia ficar no interior, onde, ele dizia, podia sentir a presença de Mahler em poltronas, cadeiras, cabideiros. "Já pensou? Ele pendurou o sobretudo exatamente aqui!", exaltava-se. Enquanto mamãe tomava um único *Maria Theresia*, levemente alcoólico, adequado a mocinhas, papai tomava *Fiaker* após *Fiaker*. O rum da mistura com o café o deixava ainda mais animado para falar, falar sobre Mahler e sobre os planos que tinha para um radiante futuro em comum com a caçula dos Morgenthau. Às vezes, meus pais dividiam uma *Sachertorte*. Educadamente, mamãe jamais fazia menção de pagar a conta, embora, às vezes, continuasse com fome até ser deixada na porta de casa, na Schottenring, não muito distante da Berggasse onde ainda morava Sigmund Freud. Uma de suas primas batera à porta de *Herr Doktor*, mas não fora aceita como paciente. Virara uma piada familiar, "louca demais" até para ser tratada pelo eminente psicanalista.

O Sperl ficava próximo da Academia de Belas-Artes, instituição que por duas vezes, em 1907 e 1908, rejeitara a matrícula de um pintor chamado Adolf Hitler. Na primeira tentativa, o veredicto dos examinadores sobre o seu exame havia sido contundente ("poucas aptidões"), mas ele não era rapaz de desistir facilmente. O reitor da Academia foi procurado e tentou consolá-lo, dizendo que, se a pintura estava fora de questão, a arquitetura parecia um campo promissor. Apesar de a rejeição ter-lhe calado fundo, a ponto de mais tarde escrever, em *Mein Kampf*, que sentira como se um raio o tivesse atingido, Hitler insistiu no ano seguinte. Dessa vez, foi impedido de sequer fazer o teste inicial. Corria a lenda — já que ninguém prestava a menor atenção nele naquele tempo, não a ponto de poder lembrar-se trinta anos depois — que também Hitler frequentara o Sperl enquanto sonhava com a Academia de Belas-Artes.

Como agora ele era o *Führer*, a história era espalhada pelos nazistas locais. Meus pais estavam bem a par dela. Mamãe ainda provocava meu pai, perguntando se, assim como ele sentia a presença de Mahler, podia também sentir a de Hitler. "Ora, querida, só posso sentir a presença de uma pessoa morta", respondia com candura, como se estivesse explicando o óbvio a uma criança de cinco anos de idade. Mamãe ria-se por dentro.

Dali a cinquenta e sete dias, Hitler estaria de novo na cidade e, embora não fosse visto novamente no Sperl, seria representado por uniformes verdes, uniformes cinza e até sinistros uniformes negros. Papai bebericava seu café no Sperl muito antes de os alemães chegarem, atraídos pela lenda do Hitler frequentador. Se antes ele conseguia arrancar sorrisos até dos garçons, coisa que mamãe dizia ser uma façanha, depois passou a se sentir mal ali. Não maltratado, pois o pessoal de avental o conhecia e estimava, embora seja razoável supor que também o staff contasse com simpatizantes dos nazistas, mas mal, mal de uma maneira tão impalpável quanto profunda. O calor de um *Fiaker* não seria mais suficiente para animá-lo. Além do mais, falar de Mahler ou de futuro não soaria mais adequado em nenhuma mesa de Viena após a *Anschluss*.

Na tarde de 16 de janeiro de 1938, antes da chegada dos alemães, papai e mamãe sentaram-se perto do piano de armário, no canto esquerdo do salão para quem passa pela porta situada no ângulo da esquina, e tomaram seus *Fiaker* e *Maria Theresia* quase em silêncio. Mamãe não tinha certeza, mas anos depois lhe pareceria que, pela primeira vez, papai mencionara a palavra "Brasil". Não tiveram ânimo de pedir a *Sachertorte* para acompanhar os cafés. Quando saíram do Sperl, descobriram que a neblina vienense havia baixado, inapelável, transformando o sol numa rodela de limão. Como que por instinto, foram caminhando em direção a Neubau, a princípio lentamente, logo com rapidez. Não trocaram mais nenhuma palavra nem se olharam no trajeto. Seus olhos só se reencontraram quando pararam em frente ao pequeno e velho prédio da Apollogasse. Subiram as escadas em silêncio, encontraram a pensão na quietude da sesta dominical e se esgueiraram sem serem vistos para dentro do quarto de papai. Aqui, nas décadas por vir, o relato de mamãe sempre será interrompido, sem que ela precise dizer o que ocorreu quando, pela primeira e última vez na vida, os dois estiveram a sós atrás de uma porta fechada. Basta-me saber que fui concebido naquela tarde, enquanto o *Adagio* da nona de Mahler se extinguia no ouvido dos amantes.

Inverno, 1968

Ao convidarem David, tinham-lhe dito, sem muita imaginação, que aquilo era como um casamento. As pequenas coisas. Ah, as pequenas coisas. Nos últimos tempos, Syd havia feito toda sorte de pequenas coisas. Faltas, atrasos, pancadinhas em cordas frouxas durante os shows. Certa noite, no Speakeasy, esmigalhara comprimidos de Mandrax no Brylcream. Entrara no palco com os cabelos emplastrados pela mistura. Fantasiado de vela derretida, riram-se, nervosos. Agora estão quase relaxados. A gente se acostuma com cada coisa, pensou David.

Para ele, porém, a presença de Syd era particularmente difícil. Não que o tratamento que seu antigo colega de escola lhe devotava tivesse mudado. Ao menos não de uma maneira pessoal. Syd era gentil como sempre. Sorridente como nunca. Mandrax. Fosse como fosse, o recém-chegado David sentia-se um crápula, um usurpador, alguém tirando doce da boca de criança. Nunca se sabia ao certo o que ia acontecer quando Syd desse as caras. Se as desse, claro. Caras, sim, caras, várias delas.

Então, depois de semanas, naquela manhã limpa, cristalina, excepcionalmente gélida para o início de março, cinco graus negativos registrados às seis da manhã pela estação meteorológica de Highgate, não muito distante do estúdio alugado, Syd apareceu.

— Beleza, Syd? — David murmurou, palheta suspensa no ar, queixão trêmulo.

Syd apenas sorriu de volta, enquanto tirava e pendurava num gancho o casaco peludo cinza, revelando a camisa encardida de malha acetinada rosa e o lenço vermelho com estamparia de moscas, ou seriam abelhas?, amarrado em torno do pescoço. Seus olhos redondos brilhavam, inchados. Seus cabelos castanhos não brilhavam, ainda bem. Roger surgiu de trás de um amplificador, um sorriso largo abaixo de zigomas pronunciados, e apertou o recém-chegado pelos ombros. Como um irmão mais velho.

— Oi, cara.

— Oi, cara.

Com a franja alourada quase se fundindo à bata dourada, Rick mal levantou o rosto e a mão direita dos teclados, num aceno silencioso. Nick voltou do banheiro ainda ajeitando as calças de veludo cotelê vinho. Sentou-se ruidosamente na sua banqueta, observou a cena, cofiou o bigode e falou, dois tons acima do adequado:

— Alô, Syd! Tudo bem, garoto?

Dessa vez, foi Syd quem mal ergueu a mão do fecho do seu estojo de couro, a alça tão puída que dava medo. Dele tirou uma guitarra Fender Telecaster azul-clara, cheia de pequenos espelhos redondos colados no corpo, e prendeu-a na alça de tecido multicolorido. Isso feito, olhou em volta, procurando um plugue. David brincava distraído com algumas frases de "Interstellar overdrive". Roger acabou de plugar-se no seu próprio amplificador, percebeu a situação e apressou-se a socorrer Syd.

— Aqui.

Syd plugou-se, mexeu a esmo em botões e tarraxas, deu quatro ou cinco palhetadas estridentes e pareceu satisfeito. Roger assentiu com a cabeça.

— Bem, o que vai ser? — perguntou, olhando para David. — "Interstellar"?

— Ei, ei, eu tenho uma nova que queria passar para vocês — interrompeu Syd.

Nick rufou o tarol. Rick encarou fixamente Roger, esperando em vão uma reação. Com Syd naquele estado, as músicas haviam escasseado. Sem músicas, nada de sucessos. Sem sucessos, nada de contratos para shows. Sem contratos para shows, nada de dinheiro. Sem dinheiro, sua empresa estava sempre no vermelho. Recebia aquele que primeiro chegasse ao banco para depositar o cheque. Dizia-se na imprensa que eles faziam rock espacial, mas quem voava mesmo eram os cheques, não os discos. Os seus empresários até haviam baixado o preço cobrado por apresentação. De duzentos e cinquenta libras para cento e trinta e cinco, luzes psicodélicas incluídas. Feia, a coisa. Em fevereiro, tinham feito apenas um show, no ICI Fibres Club de Pontypool, em Monmouthsire. Monmouthsire. Monmouthsire!

Na falta de ação de Roger, Rick respirou fundo e resolveu o impasse:

— Claro, cara, mostra ela aí, vai.

— Ela me ocorreu ontem, tarde da noite, lá em casa, depois de uma conversa bastante peculiar com a minha mãe — explicou Syd, ar professoral, dirigindo-se apenas ao tecladista, que baixou o rosto. — Pus o nome de "Have you got it yet?". Vamos lá?

Rick fez que sim com a cabeça. Nick fez uma careta pelas costas de Syd, um esgar grotesco, olhos arregalados e virados para dentro de suas cavidades, expondo o branco dos globos. David não achou graça. Roger encarou o baterista severamente. Alheio ao mundo, Syd contou 1, 2, 3, 4 e começou a tocar algo que não fazia sentido a princípio, acordes esparsos que pareciam não sair do lugar, um ré menor aqui, um dó ali, um ruído, um fá acolá. Era mesmo um fá? Não ajudava muito o fato de que Syd insistia em afinar seu instrumento de uma maneira própria.

Nick fitou o teto do estúdio. Havia uma enorme teia de aranha, lá no canto onde ficava a porta do corredor que conduzia ao banheiro. Dependendo do que estivessem tocando embaixo dela, os seus fios vibravam como a esteirinha de metal do tarol. Quando se voltou para baixo, o baterista viu Rick e Roger com os olhos fixos em Syd, e David mexendo a cabeça, boca entreaberta, como se estivesse começando a pescar algo.

David foi atrás de Syd, o dó, o ruído, o fá. Fá? Syd sorriu, criança de novo. Roger introduziu uma pontuação naquele longo fraseado que talvez só se resolvesse no infinito. Rick entrou com as harmonias. Nick não viu alternativa a não ser tocar também. Syd, porém, logo estava explorando outra coisa, bastante distinta, embora se mantivesse cantando a frase *Have you got it yet?* como um mantra. A cada mudança mais brusca nos acordes, os outros quatro paravam tudo para entender o que Syd queria.

Não era fácil. Assim que reconheciam algo próximo de um padrão, voltavam a tocar. Syd, entretanto, logo mudava tudo novamente e continuava cantando *Have you got it yet?*. Aquilo se tornou um desafio para os colegas, esquecidos de tudo, da loucura, da má vontade, da falta de dinheiro, do frio, dos suores. Tudo o que importava no universo era pegar aquela música. A felicidade estava em conseguir acompanhar Syd por instantes. A infelicidade, em perdê-lo de vista outra vez, enquanto ele continuava cantando o mesmo.

— *Have you got it yet? Have you got it yet?*

Uma hora depois, após repassar toda a sua miserável vida, após amaldiçoar o amigo, após sentir-se um prego, uma hora depois, contada nos relógios do estúdio, nenhum dos dois certos, marcando 12h02 em Londres e 7h39 em Nova York, pois então, uma hora depois, desesperado, Roger riu alto, histérico, e cantou:

— *No, no, no!*

A cacofonia morreu ali. Os quatro se aperceberam da pegadinha. Jamais alcançariam Syd. Só ele continuou, cantando igual e tocando outra coisa.

— Gênio, Syd, gênio — concedeu Roger, irônico, batendo palmas.

— Puta merda — suspirou Nick, jogando as baquetas para cima, pegando o casaco de camurça no cabideiro e apalpando os seus bolsos. — Vou lá pro terraço fumar.

Rick e David se entreolharam e, quietos, concordaram que o melhor a fazer era mesmo sair do estúdio, sentir o ar gelado no rosto. Pegaram seus agasalhos e sumiram. De qualquer forma, nessas horas, apenas Roger tinha jeito com Syd. Este se mantinha tocando algo mais e cantando ainda:

— *Have you got it yet? Have you got it yet?*

— Porra, cara, chega, nós já sacamos a brincadeira... Genial, eu já disse, realmente genial. O.k., o.k., você é mais esperto que nós, admito. Satisfeito?

Syd finalmente sossegou e abriu um sorriso enorme. Uma pessoa tinha de estar completamente louca para abrir um sorriso daquele tamanho.

— Não, de maneira alguma, Roger. Vocês são mais espertos que eu, está claro. Se você me permite, eu só acho que vocês levam essa merda a sério demais, cara, relaxa. Sucesso, fama, grana. Nós entramos nessa por isso ou foi para nos divertir com mulheres diferentes a cada noite? Se foi por isso, amiguinho, era melhor ter ficado num escritório, desenhando galpões industriais. Existem coisas mais importantes na vida, cara.

— Não me diga! — irritou-se Roger e, no mesmo instante, achou-se estúpido. Ele desabou numa cadeira de armar e adotou um tom conciliador. — Você não entende, Syd, você simplesmente não entende...

— Não entendo, Roger, simplesmente não entendo... — imitou o outro.

— Ah, cara, não vem brincar de eco... Você não entende que até pra se divertir a gente precisa de grana, amiguinho. Ou você acha que Mandrax nasce em árvores, garotas dão para pés-rapados e a comida se paga com um ré menor?

Syd franziu o cenho, passando, sem transição, ao estado de alheamento que todos achavam ainda mais insano que o período de atividade maníaca. Ficou bons cinco minutos assim, noutro planeta. Depois, recomeçou a tocar histericamente, um mesmo sol maior. O tempo todo Roger ficou calado, olhando para o amigo. Ele sentia tanto, oh, Deus, tanto. Tinha até a esperança estúpida de que, se Syd entendesse o quanto, voltaria a ser o velho Syd de Cambridge. Gente. Mas Syd não entendia, simplesmente não entendia. Roger pensou que seus olhos brilhavam como diamantes loucos enquanto a Telecaster cheia de espelhinhos redondos guinchava.

Subitamente, Syd agarrou o braço da guitarra, cortando o som. Seu rosto transmitia um grande sofrimento, seu rosto doía.

— O que foi? — inquietou-se Roger.

— O problema, meu velho, é que eu entendo. Durante certo tempo, pelo menos. Às vezes, eu fico confuso, sabe?

O baixista levantou as sobrancelhas, encorajando-o.

— Por exemplo, aqui, agora, eu entendo que me tornei um peso para vocês. Entendo perfeitamente.

Roger teve vontade de chorar, não de desmentir. Syd prosseguiu, sua voz angulosa oscilando entre a doçura e a amargura. Como nas canções.

— Deve ser uma barra muito pesada carregar um lunático nas costas. Não tem nada a ver virarmos um quinteto. Não preciso de caridade. Deixa o David sozinho. Ele é bom, bom de verdade. Ainda na escola, me ensinou uns truques bacanas na guitarra. Você também é bom. Além disso, você é *booom*. Rick também. Nick, Nick, Nick — cantarolou, alegre.

Parou.

— Nick, não — concluiu, triste. — Ei, se eu conseguir botar as ideias no lugar, compor e tal, você e o David me ajudam a gravar?

Roger concordou com a cabeça.

— Legal, cara, obrigado. Bem, bom te ver, tenho que ir. Mãe Matilda espera.

Syd começou a recolher suas coisas. A hora tinha chegado, enfim. Ainda estatelado na cadeira de armar, Roger sentiu-se obrigado a contra-argumentar.

— Não, Syd, por favor, fique. Você é o homem. Nós te amamos. O que você acha de ficar escrevendo suas coisas em casa e de vez em quando aparecer no estúdio, só pra conferir os trabalhos? Nós já te propusemos isso. Nada de shows, cara. Paz. São os shows que fodem tudo. Eles te sugam.

Syd fez uma careta que cortou de uma vez por todas tal linha de raciocínio. Virou-se de costas, por instantes pelejando para soltar o plugue do amplificador.

— Antes de ir, deixa eu te perguntar uma coisa, meu caro George Roger — disse Syd, virando-se tão bruscamente que o outro quase se desequilibrou na cadeira. — Me responda com sinceridade, o.k.? Sin-ce-ri-da-de. Você já pensou em se matar?

— Não me chame de George Roger, por favor... — advertiu Roger, mais para ganhar tempo do que por irritação verdadeira. Sinceridade pode ser um troço por demais desastroso, pensou.

— Sinceridade... — Syd leu seus pensamentos.

— Sinceridade? O.k., então, Syd. Eu já pensei em me matar, sim. Na verdade, penso em me matar todos os dias da minha vida. Eu não conseguiria viver um dia sequer se não pensasse em me matar. A ideia de não estar mais aqui sempre me soou reconfortante. Nada de ressacas ou contas a pagar — disse isso e fez uma pausa, antes da pergunta incontornável, aquela que Syd queria que fosse feita: — E você, já pensou em se matar?

— Eu não! — Syd gemeu, reagindo como se estivesse segurando um fio desencapado. — E o maluco sou eu, homem? Deus...

Seu interlocutor, talvez seu único interlocutor, ficou aliviado com a resposta, mas temeu que ela desencadeasse um acesso de fúria. Não era bonito de se ver. Syd começou a andar nervoso pelo estúdio, trombando nas caixas e derrubando coisas, copos, baquetas, instrumentos. Roger conseguiu proteger o seu Rickenbacker. Syd, no entanto, logo catou outra cadeira de armar e sentou-se ao contrário, pernas abertas em torno do espaldar.

— Eu nunca pensei em me matar uma única vez em toda a minha vida — disse suavemente, a mão esquerda erguida em juramento, como se fosse um escoteiro. — Nunca, Roger. Eu não tenho mais nenhuma vontade de sair de casa, sim, eu faço essas brincadeiras que *você* chama de insanas, sim, mas sabe por quê, meu amigo?

Subitamente, Syd mudou de tom, tornando-se dramático.

— Roger, eu chorei a noite passada inteira porque o bassê do Mr. Noble, aquele bege, você já o viu lá na rua, ele foi atropelado por um *black cab* diante da minha janela. Ouvi a freada, a pancada surda e corri para o vidro. Não deu para ver a placa. Nessie, era assim que ele se chamava, estava deitado numa pequena poça de merda e de mijo. Levantou a cabecinha e ganiu trinta e sete vezes, eu contei, cara, trinta e sete vezes. Devia estar chamando pelo Mr. Noble, desesperado, sozinho, num mundo que escurecia... O que está me acontecendo? Por que dói tanto assim e eu não consigo me levantar? Nessie, então, vomitou sangue e tombou. Para sempre. Um inocente, Deus... Nunca mais o afago do dono, nunca mais.

Seus grandes olhos castanhos ficaram marejados. Roger interveio:

— Você dizia por que você...

— Ah, eu digo e faço essas coisas todas porque quero preservar a vida. A minha, a sua, a da minha mãe, a da Rainha, a do Nessie, a dos outros. Até a do sacana do Nick... Quero isso desesperadamente e fico louco porque não consigo.

Syd deu um risinho, ciente da ironia de sua última frase, e fungou.

— *Capisce?*

Roger ofereceu-lhe um sorriso triste. Uma pessoa tinha de estar completamente louca para oferecer um sorriso triste daquele jeito.

— *Molto bene, bambino* — falou Syd, levantando-se de um salto e retomando a arrumação de suas coisas, guitarra, fio, alça, dentro do estojo de couro de alça puída. Ao enxergar-se de relance num dos espelhinhos colados na Telecaster azul--clara, afetou uma voz diferente, envelhecida: — Você parece ótimo esta manhã, meu garoto Roger Keith!

Pôs o casaco peludo e saiu para 1968.

Bloqueio

A rua em declive é ladeada por muros altos em toda a extensão. Os muros estão pintados de verde-escuro e se emendam uns nos outros como se fossem os mesmos dois muros e cercassem apenas duas imensas casas. Uma no lado par, outra no lado ímpar da rua em declive. Tal impressão é desfeita quando se nota que de tantos em tantos metros se abrem portas no que seriam os dois únicos muros. Portas pequenas para os pedestres. Portas maiores para os automóveis. Em algumas casas, em madeira de lei. Em outras, em alumínio escovado. Nenhuma das portas está aberta. Por cima dos muros verde-escuros, não se escuta nenhum ruído. De acordo com a estação, o dia ou o horário, às vezes pode ser ouvido o som oco do choque de uma barriga contra uma superfície aquática ou a batida alta e ritmada que põe a tremer os paralelepípedos que pavimentam a rua em declive. No momento, está tudo silencioso por trás dos muros contínuos e algo monótonos em seu verde-escuro. Esses muros se tornam ainda mais verdes e ainda mais escuros porque plantas trepadeiras sobem por quase todos, numa confusão de folhas, galhos e, muito eventualmente, pequenas flores sem cheiro. Há pontos em que as árvores enraizadas tanto dentro quanto fora do terreno das casas indevassáveis despejam as sombras de seus galhos sobre a estreita calçada de cimento que contorna os muros. As sombras das árvores são como áreas mais claras dentro da grande sombra mais escura que se projeta pouco a pouco a partir do morro, à medida que do outro lado se põe o sol. Sua total ausência criará uma terceira sombra, ainda maior, mais escura e mais duradoura. O morro tem o formato de um canino solitário e desgastado pela ação do tempo. Ele é encimado por uma grande estátua de concreto branco com os braços abertos. As ruas em declive calçadas de paralelepípedos como que brotam da rocha do morro. Conforme descem, sempre emparedadas à esquerda e à direita por muros altos e verde-escuros, as ruas deságuam umas nas outras, como afluentes de outro rio de pedras que nunca aumenta de largura até chegar ao asfalto. A derradeira rua escorre sinuosamente em direção ao murmúrio surdo do tráfego que mais se pressente do que se ouve, lá embaixo, num lugar que os muros altos deste ponto de uma das ruas tributárias não permitem ver. O que se ouve aqui são apenas insetos e pássaros que se ocultam na hera e nos galhos. Um pouco adiante na rua em declive e de seus infinitos muros verde-escuros há um ângulo reto à direita. Quando se dobra essa esquina depara-se com a traseira de um automóvel prateado. Como a rua em declive calçada por paralelepípedos nunca deixa de ser estreita, ele está estacionado ao longo da via, com as duas rodas direitas sobre a calçada de cimento, de modo a deixar a passagem livre para outros automóveis. Na calçada, sobra espaço para uma pessoa magra passar de lado, desde que tome cuidado para não esbarrar no espelho retrovisor.

O espelho retrovisor mostra um homem numa cadeira de rodas.

O homem na cadeira de rodas está parado. Ele olha para o espelho e pensa na má sorte. Ele decidiu descer a encosta por conta própria quando a cooperativa de táxis adaptados para o transporte de cadeirantes avisou, depois de vinte e sete minutos de espera ao lado do telefone, que todas as viaturas estavam ocupadas — e assim continuariam no horizonte visível. As cooperativas de táxis comuns não ofereceram panorama mais animador. O primeiro carro disponível poderia chegar à porta da casa do homem em, no mínimo, meia hora. Se decidisse esperar o primeiro carro disponível, o homem perderia a consulta agendada com sete meses de antecedência. Noutros dias, dias em que não havia tamanha precisão em descer, ele fizera isso sem problemas. Em quinze minutos, não mais, estava na esquina da derradeira rua de paralelepípedos com a primeira rua de asfalto, mão direita esticada para um táxi comum. Agora, parado atrás do carro prateado, o homem se ergue ligeiramente, mãos cautelosamente apoiadas nos braços da cadeira de rodas, para não fazê-la deslizar, e estica o pescoço. Para a frente, busca alguém dentro do veículo estacionado. Para trás, busca uma porta na qual possa acionar o interfone e chamar o motorista. Não há ninguém dentro do veículo, nem nenhuma porta por duas dezenas de metros, até a esquina em ângulo reto. O homem na cadeira de rodas estica novamente o pescoço para a frente e julga perceber, três metros além do carro, uma reentrância na parede de hera. Ali poderia se esconder a porta da casa. Ele olha para os paralelepípedos da rua. Avalia suas chances de descer na cadeira, contornar o carro, subir, se erguer, tocar o interfone. Como o meio-fio é alto, as chances lhe parecem ínfimas. As duas rodas no alto da calçada e as duas rodas embaixo, no calçamento em pedra da rua em declive, deixam o carro inclinado lateralmente num ângulo de vinte e um graus. Para o homem, somada a seu próprio peso e à força da gravidade puxando-o um pouco para a direita, essa inclinação significaria mergulhar de cabeça nos paralelepípedos no instante em que as rodas dianteiras da cadeira perdessem contato com a calçada. Ele sobe o olhar para o outro lado da rua. Acima do muro verde-escuro, vê apenas uma janela no andar superior da casa fronteira. A janela está fechada e semicoberta pelos galhos das árvores, na sombra. Não há luz acesa além do vidro. O homem na cadeira de rodas enfia a mão direita no bolso dianteiro direito de sua calça. A mão se agita dentro do bolso durante um ou dois minutos. Ela emerge vazia. Pela primeira vez desde que está bloqueado ali, o homem cogita dar meia-volta e subir a rua por quase três centenas de metros, até a sua própria casa, deslizar rampa acima, abrir a porta e telefonar mais uma vez para a cooperativa de táxis adaptados a cadeirantes. Ou ao menos descer a ladeira de novo, agora com o telefone celular no bolso dianteiro direito de sua calça. O homem na cadeira de rodas olha para o relógio no pulso esquerdo. Ainda tem pouco menos de uma hora até a consulta agendada com sete meses de antecedência. Morro acima, ele levaria vinte minutos, talvez mais, até chegar em casa. Se a cooperativa de táxis adaptados a cadeirantes tivesse baixado a expectativa de atendimento para vinte minutos, ele teria mais vinte minutos para chegar ao consultório do médico. O relógio no pulso esquerdo marca uma hora espremida entre o engarrafamento de depois do almoço e o engarrafamento da volta para casa. Vinte minutos entre o seu bairro, encarapitado na encosta do morro, e o bairro do consultório, coalhado de consultórios, não seria um tempo de todo impossível. Não se o trânsito estivesse ligeiramente melhor do que o normal. O homem na cadeira de rodas lembra que o seu consultório de destino fica no extremo oposto do bairro dos consultórios, perto da enseada, o que complica qualquer locomoção, a qualquer tempo. Ele se ergue na cadeira e estica novamente o pescoço, para a frente e para trás. Nem uma pessoa se materializou dentro do carro estacionado com as duas rodas direitas sobre a calçada, nem outra porta se abriu por acaso no muro que segue por duas dezenas de metros às suas costas. Uma hipótese tola e assustadora surge na sua mente. Se o motorista ou a motorista do automóvel estivesse em visita até depois do chá das cinco, o homem na cadeira de rodas perderia a consulta agendada e teria de esperar mais sete meses até chegar a nova data. O homem na cadeira de rodas não tem certeza se dispõe de tempo. Nesse ponto dos pensamentos, escuta o motor de um carro, a se aproximar pela rua em declive calçada por paralelepípedos. O modo como o barulho do motor bate e rebate nos muros verde-escuros altos e contínuos o desorienta por alguns instantes. Não consegue saber se o veículo sobe ou se o veículo desce o morro. O homem na cadeira de rodas só percebe que o veículo sobe o morro quatro segundos antes de um jipe amarelado, de luxo, modelo importado, surgir por trás do carro inclinado de lado num ângulo de aproximadamente vinte e um graus. Ele ainda ergue os braços, pede ajuda e grita "ei!" três vezes, tão alto quanto pode. O jipe amarelado, de luxo, modelo importado, é um veículo de chassi elevado. A pessoa que o dirige, oculta pelo vidro coberto por densa película negra, teria que olhar para o lado e para baixo a fim de enxergá-lo. A pessoa ao volante precisaria saber que o homem na cadeira de rodas estava ali, necessitado de ajuda. Como ela não sabe, o jipe amarelado, de luxo, modelo importado, passa sem diminuir a velocidade por aquele trecho da rua de paralelepípedos. O homem na cadeira de rodas fica quieto por dois ou três minutos, arfando, recuperando o fôlego, até o barulho do motor importado se extinguir em algum ponto não muito distante, morro acima, após ter feito manobras. Ele gira bruscamente as rodas da cadeira e toma o mesmo rumo. Chegar em casa e alcançar um telefone é a única chance de estar no consultório no horário agendado sete meses atrás. O homem vence as duas primeiras dezenas de metros com facilidade, até a esquina de ângulo reto. Ao dobrá-la, ele dá de cara com a dianteira do jipe amarelado, de luxo, modelo importado, estacionado quinze metros adiante. Não há mais sinal do motorista ou da motorista. A pessoa oculta pela densa película negra colada ao vidro tomou o mesmo cuidado da pessoa que estacionara o carro prateado morro abaixo. De modo a deixar o trânsito livre para outros veículos, o jipe amarelado, de luxo, modelo importado, está estacionado com as duas rodas direitas sobre a calçada. Por ser mais alto, o ângulo de seu chassi em relação ao solo é um pouco menor, de dezessete graus. O espaço deixado entre a carroceria reforçada e o muro verde-escuro é suficiente para uma pessoa magra se esgueirar de lado, desde que prenda a respiração ao passar pelo sólido espelho retrovisor. De longe, o homem na cadeira de rodas enxerga o próprio reflexo borrado no lado convexo e fosco da estrutura preta que abriga o espelho. Calcula estar preso num trecho de pouco mais de trinta e cinco metros de calçada estreita, ladeada à esquerda pelo muro verde-escuro e à direita pelo leito da rua de paralelepípedos. O homem na cadeira de rodas ri. Ele pensa no que mais poderia lhe acontecer.

Começa a chover.

O homem na cadeira de rodas sente o primeiro pingo na lente esquerda dos óculos. Não há um segundo pingo. O que cai do céu em seguida é o início de uma torrente contínua de água, como se a estátua de braços abertos no alto do morro tivesse acionado um chuveiro ou começado a suar copiosamente. O homem abaixa a cabeça. Tenta proteger os óculos da chuva. A água desce pela testa, se esgueira pelas hastes, inunda as lentes e mergulha no colo a partir da ponta do nariz. A roupa do homem na cadeira de rodas fica ensopada antes de ele conseguir localizar um determinado ponto ao pé do muro verde-escuro. Nele, o grande galho de uma árvore plantada no terreno da casa invisível diminui o ímpeto da chuva numa área irregular de cerca de um metro quadrado. O homem estaciona sua cadeira de rodas nesse metro quadrado. Ali chove menos intensamente. Quase todo o céu em volta está de um cinza-escuro quase preto, uniforme, sem nuances. Na direção da enseada, há uma réstia azul-clara. O homem na cadeira de rodas pensa em escárnio. A chuva logo forma duas cascatas de água junto aos dois meios-fios da rua em declive ladeada por altos muros verde-escuros que se emendam indistintamente. Galhos e folhas passam em velocidade crescente aos pés do homem, arrastados morro abaixo. A água adquire a cor da terra. O volume aumenta e produz o ruído de uma pequena cachoeira. Esse ruído então é abafado por um trovão. Depois outro. O homem na cadeira de rodas afinal tira os óculos e olha para cima. Examina o muro verde-escuro, em busca de fissuras. Avalia a solidez do galho sob o qual se abriga. Estima a altura da árvore da qual se projeta o galho em relação à altura das árvores próximas. O homem na cadeira de rodas capta uma explosão de luz com o canto do olho direito. Passam-se quatro segundos. Troveja uma terceira vez. Ele abaixa a cabeça. Vê que a corrente sangrou dos meios-fios e tomou também o meio da rua em declive. A lama líquida não permite mais enxergar os paralelepípedos do calçamento. A água ainda não está alta o bastante para invadir a calçada estreita colada ao muro verde-escuro e molhar os pés do homem na cadeira de rodas. A ducha que cai do céu não o atinge de modo direto. O homem na cadeira de rodas acredita estar tão seguro quanto poderia estar. A chuva rateia antes de redobrar de intensidade, como um automóvel a trocar a marcha mais lenta pela marcha mais rápida.

Anoitece.

Maracanazo

Diante dos meus olhos, ergue-se o Maracanã. Maldito Maracanã. Aqui, sessenta e quatro anos atrás, a seleção brasileira trucidou La Roja por 6 a 1. Está em todos os livros de história do futebol. Está na memória radiofônica de meu avô materno. Cento e cinquenta mil pessoas cantando uma marchinha de carnaval enquanto jogadores invisíveis, de nomes Ademir, Chico, Jair, Zizinho, zombavam de nós. A música está na internet. *Eu fui às touradas em Madri/ Para-ti-bum-bum-bum/ E quase não volto mais aqui/ Para ver Peri beijar Ceci/ Para-ti-bum-bum-bum.* Não sei quem são Peri e Ceci. Fodam-se. Não me consola saber que dali a três dias de 1950 os locais perderiam de virada o jogo final com os uruguaios. Duzentas mil pessoas emudeceram traumatizadas. Algumas jamais voltariam a pôr os pés no Maracanã. O estádio que contemplo não é mais o mesmo. O velho foi posto abaixo. Outro foi erguido sobre seus destroços. Não importa. A maldição continuou. No ano passado, diante de meus próprios olhos, a seleção brasileira trucidou La Roja por 3 a 0. Setenta e cinco mil pessoas riram enquanto jogadores medíocres como Fred e Neymar colocavam-nos de joelhos. Não me apazigua a versão sussurrada num misto de orgulho e de vergonha pelos jornalistas espanhóis. Uma sucessão de orgias com prostitutas teria devastado nossos campeões mundiais enquanto eles ainda estavam hospedados no nordeste deste país de merda.

      Agora, de novo o Maracanã se ergue diante de mim, não mais para uma reles Copa das Confederações, que não vale mesmo porra nenhuma, mas para outra Copa do Mundo. À minha volta, move-se uma maré vermelha de chilenos. Nós, os espanhóis, somos minoria. No vagão superlotado do metrô desde Copacabana, uma multidão de índios baixinhos já nos olhava, condescendente. Eu teria preferido que nos olhassem com raiva. Deixem estar, penso eu, a sua hora vai chegar. Dá-me confiança a declaração de Pelé de que o Chile é um dos favoritos ao título. O "rei do futebol" é lendário não só pelos truques de mágica com a bola como por errar todos os palpites. Romário, aquele brasileiro baixinho que jogou no Inominável, disse até que Pelé calado era um poeta. Dá-me calafrios a lembrança da goleada que a Holanda nos aplicou cinco dias atrás em Salvador. Juan Pablo, Guillermo e eu assistimos incrédulos ao mergulho de Van Persie, aos lançamentos de Blind, aos dribles e chutaços de Robben. É assim, trêmulo entre o êxtase e o terror, que pisco os olhos na passarela que liga a estação do metrô ao Maracanã. Um dia, este estádio há de nos ser amável. O dia há de ser hoje. Não, não é possível que joguemos tão mal quanto jogamos contra os holandeses. Sim, é possível que joguemos tão mal. Não sei.

Na calçada que cerca o Maracanã, há uma correria entre os muitos chilenos que se aglomeram, aparentemente sem ingresso. Eles forçam uma das entradas e invadem as instalações para a imprensa. Animais. Dezessete anos de Pinochet não os civilizaram. Estamos no lucro, penso. Esperávamos algo mais violento. Protestos de esquerdistas locais como os do ano passado. Agora nem sinal deles. Entramos em paz. Faltam duas horas para a partida começar. Achamos com facilidade os nossos lugares em meio a centenas de chilenos, perto de uma das bandeirolas de escanteio, até porque já são praticamente os últimos espaços vazios. Sobram três cadeiras vagas exatamente ao meu lado. Metros acima, há um bolsão de duas ou três dezenas de espanhóis. Acenamo-nos, apesar de não nos conhecermos. Noto, com desgosto, que um deles usa uma camiseta azul e grená do Inominável. No final das contas, talvez não sejam espanhóis. Tiramos um selfie e postamos na página de Guillermo. Legenda: "Maracanã, 18/6/14, começo da vingança". Juan Pablo, sempre faminto, decide comprar-nos sanduíches. Não o vemos por quase uma hora. Filas, explica ao voltar abraçado a três cachorros-quentes e três copos plásticos de cerveja morna. Mesmo de boca cheia, Guillermo quer conversar. É sua maneira de extravasar a tensão. A minha é ficar calado. Ignoro-o. Finjo concentrar-me na refeição, mas repasso jogadas que espero ver daqui a instantes. Iniesta carrega a bola em diagonal à frente da área, da esquerda para a direita, e passa sem olhar para Diego Costa, que, entrando por trás da zaga, fuzila o goleiro. Sergio Ramos dá um cabeçaço para as redes após cobrança de escanteio, como na final da Liga dos Campeões.

Os jogadores de ambos os times entram no gramado para o aquecimento, quase simultaneamente. Se eu pudesse, proibiria essa prática. Todo estádio moderno tem salas de aquecimento bem ao lado de cada vestiário. É lá que os atletas deveriam despertar os músculos para a partida, é lá que deveriam preservar os santos mistérios do futebol. O papa não aparece na Basílica de São Pedro antes da hora estipulada, aparece? Para mim, essa aparição precoce tira a emoção da entrada oficial dos times em campo e os expõe como simples trabalhadores, que precisam de suor, e não como artistas, que dependem de inspiração. Toda a excitação que eu sentia em menino, quando meu pai me levava para ver jogar o Real Madrid, desapareceu. Nossos lugares eram lá no alto do Santiago Bernabéu, num ponto tal em que tínhamos de ficar de pé para ver os jogadores cobrando escanteios, mas eu vibrava quando as equipes apareciam em campo. Hoje em dia, elas já se expuseram, despudoradamente. Usam agasalhos ou camisetas de treino, mas e daí? Alguém não reconhece os dentes do David Silva? A cara de mongo do Busquets? A carequinha do Iniesta? Ainda assim não tiro os olhos dos jogadores, tentando adivinhar, pelos seus movimentos, qual o seu estado de espírito, se há sequelas da derrota para a Holanda, se passaram bem a noite, se a passaram com putas.

Guillermo desconcentra-me com uma cutucada nas costelas e um sorriso malicioso. Não notei que os lugares vagos à minha esquerda foram afinal ocupados por três garotas que falam português entre si. Duas vestem camisetas da seleção brasileira. Amarelo é uma cor difícil. Essas duas brasileiras exalam toda a vulgaridade que delas se espera, espremidas em suas calças de ginástica verdes. São espalhafatosamente louras, anacronicamente bronzeadas, virtualmente indiscerníveis. Falam alto até para nossos generosos padrões madrilenhos, e seus peitos de silicone parecem querer voar das camisetas. Uma delas usa sua camiseta muito curta, que revela, num supremo toque de mau gosto, um piercing que pende do umbigo como um verme fugitivo. A terceira garota usa a camiseta vermelha do Chile. É a que se senta exatamente ao meu lado, que má sorte. Ela cria um contraste cômico com as louras quase gêmeas. Fala pouco e baixo, tem um nariz fino, olhos puxados de índia, cabelos pretos escorridos. É tão pálida, tão mirrada, que me faz pensar numa múmia inca, numa virgem sacrificada antes da Conquista. A camiseta vermelha sobra em torno de seu corpo, como se ela a tivesse surrupiado de uma gaveta do pai ou do irmão mais velho. E, no entanto, à sua maneira, ela é atraente. Alargo as narinas enquanto giro a cabeça por cima do ombro esquerdo, como se me interessasse conferir o bem-estar do bolsão de espanhóis filas acima. Capto-lhe um perfume suave. Noto também que essa indiazinha chilena tem um piercing no lado direito do nariz. É o tipo de coisa que sempre me embaraça por monopolizar o meu olhar, como se fosse um defeito físico, como se fosse o sinalzinho embaixo do olho esquerdo de Penélope Cruz, discreto mas categórico toque do Senhor para nos lembrarmos de nossa natureza incompleta. Só me esqueço do piercing no nariz quando as equipes voltam aos vestiários, a fim de se paramentar para a cerimônia que veremos a seguir. Quando restarem doze minutos para as 16h, horário de Brasília, 21h, horário de Madri, Espanha e Chile voltarão para valer ao gramado do Maracanã.

As coisas que se sucedem parecem-me simultâneas, um assalto generalizado a meus sentidos. Não tenho como estabelecer com precisão o que veio antes e o que veio depois. Se é que houve um antes e um depois. Olho para o túnel por onde acabam de desaparecer os jogadores, uns cinquenta metros à nossa esquerda. Percebo uma súbita agitação das pessoas em torno de mim, algumas pulam de pé como bonecos de mola. O barulho faz-me pensar num jato decolando, numa serra abrindo o tampo de um crânio. Olho para um dos placares eletrônicos que mostra, dentre uma massa avermelhada de torcedores chilenos e espanhóis, duas louras peitudas socadas em camisetas amarelas. Elas me são familiares, mas... de onde? Do lado direito delas, está uma moreninha com a camiseta da seleção do Chile. Do lado direito dela, está um rapaz comprido, com as faces coradas e um projeto de barbicha que lhe dá um ar melancólico. Do lado direito dele, está... Guillermo! Então, ou pode ter sido logo antes, sinto a mão sobre a coxa esquerda, o cabelo preto chicoteia-me a face, e os lábios quentes e úmidos da moreninha estão sobre os meus e logo não estão mais sobre os meus. Tudo isso dura dez segundos, se tanto. Meu estupor dura um pouco mais, conforme ela olha de soslaio para o placar, se recompõe e me diz, em castelhano, arregalando olhos surpreendentemente verdes:

— Perdão.

Não sei o que retrucar. Fico olhando para o rosto dela sem decidir qual reação é a adequada quando se é beijado de surpresa por uma garota atraente num lugar público, tão público que talvez meu celular comece a tocar chamando de Madri. *Filho, te vi agora na TV com o Guillermo, mas quem é aquela chilena que estava te beijando?* Talvez até uma tribo de berberes no meio do Saara tenha visto o casal de adversários se beijando graças à recém-instalada antena parabólica. Calma. Calma. Concentro-me no piercing. Preciso respirar. Eu não teria resposta para mamãe. Não tenho a menor ideia de quem é essa chilena que, vinte, trinta, quarenta segundos atrás estava me beijando. Muito menos sei por que essa chilena estava me beijando cinquenta, sessenta, setenta segundos atrás. Estou longe de ser irresistível, inclusive — ou sobretudo — quando tenho de me esforçar para ser irresistível, o que, no meu caso, é quase sempre.

No liceu, a menina mais linda, aquela pela qual desenvolvi insônia incomum entre adolescentes, aquela pela qual a vida se esvaía mornamente entre os meus dedos a cada banho frio, me disse que eu parecia um personagem de El Greco. Disse-me isso, sorriu e tomou outro rumo no pátio. Cheguei em casa e fui contemplar quadros de El Greco na internet. Talvez ela tivesse razão. A face comprida e pálida, o eterno projeto de barbicha, o olhar melancólico. Sim, eu me reconhecia nos personagens de El Greco, mas o essencial a menina não dissera: queria ou não queria namorar comigo, com este personagem de El Greco em plena Madri do século XXI? Nunca tive coragem de me reaproximar da louríssima Isabel — este era o seu nome, Isabel, como uma rainha — e tirar essa dúvida. Fora um ou outro beijo roubado nas noites bêbadas de Chueca, só na universidade fui ter uma namorada, uma colombiana chamada Eréndira, com quem perdi minha virgindade na sala de anatomia. Talvez eu seja irresistível somente se comparado a partes de cadáveres. Ou talvez eu seja irresistível somente para as latino-americanas. É isso, a única explicação plausível. Metrópole e ex-colônias. Relações sadomasoquistas.

— Perdão.

A chilena repete o pedido e me olha entre divertida e preocupada, como se fosse começar a testar meu grau de consciência. Como você se chama? Victor. Onde você está? No Maracanã. Fazendo o quê? Olhando feito um idiota para o piercing de uma menina que, do nada, me beijou na boca, oitenta, noventa, cem segundos atrás. Você sente as suas pernas? Sim, sinto todos os meus membros inferiores latejando.

— Tudo bem — respondo, a muito custo.

— Mesmo? Sua respiração ficou estranha — ela explica, num castelhano de leve sotaque, que não consigo identificar nem como chileno nem como outra coisa.

— Eu tenho uns problemas — disfarço.

— Perdão!

— Tudo bem, já disse — tento mas não consigo sorrir. Sai-me um esgar.

Para me salvar, do sistema de som do estádio começa a vir a música da Fifa. O espetáculo se inicia oficialmente. Voltamo-nos para a esquerda, para a boca do túnel de onde começa a sair a procissão. As bandeiras da Fifa, do fair play, da Espanha, do Chile, os árbitros, os jogadores com uniformes de jogo, cada um puxando pela mão uma criança branca vestida em vermelho e amarelo. Usamos nossas camisetas vermelhas, graças a Deus. Os chilenos ficam com as brancas. Lágrimas me vêm aos olhos. Tento disfarçá-las porque percebo que a indiazinha continua a examinar meu rosto. Penso que ela deve ter a autoestima inversamente proporcional à massa corporal. Está preocupada com a possibilidade de ter me infligido dano cardiovascular irreversível. Árbitros, jogadores e criancinhas se esparramam numa linha paralela à lateral do campo. O locutor anuncia a execução do hino nacional espanhol. Ouvem-se aplausos tímidos e vaias retumbantes. Filhos da puta, esses brasileiros. Começa a soar a Marcha Real, acompanhada pela nossa torcida com brados de *ô-ô-ô*. Sempre achei essa ausência de letra um erro. Um hino pede uma letra. De preferência, uma letra que fale de pátria, sangue, vísceras, morte, liberdade. Como o hino nacional chileno, que é executado em seguida. *Dulce Patria, recibe los votos/ Con que Chile en tus aras juró/ Que o la tumba serás de los libres/ O el asilo contra la opresión*. A opressão original somos nós, a Espanha. Agora, aqui no Maracanã, é como se o próprio concreto armado cantasse, tal a força da esmagadora maioria de chilenos. Olho para o meu lado. As louras quase gêmeas filmam em panorâmica com seus celulares. Duas panorâmicas praticamente do mesmo ângulo, da mesma altura e no mesmo ritmo, que serão postadas em suas páginas e que ninguém, a não ser elas mesmas, irá curtir. A chileninha canta o hino concentradamente, mais alto a cada repetição dos versos finais. *Que o la tumba serás de los libres/ O el asilo contra la opresión.* A música no sistema de som já se calou, conforme as regras da Fifa, mas a torcida chilena, imitando algo que a brasileira iniciou no ano passado, continua a cantar o hino à capela, até o devido final. O efeito é eletrizante. Nós faríamos o quê se os imitássemos? Até onde estenderíamos o *ô-ô-ô*? Patético. Palmas, assobios e brados de *Chi-chi-chi-le-le-le-Viva-Chile* assinalam o fim apropriado ao hino. Eu e a chileninha nos entreolhamos. Agora consigo sorrir. Estamos ambos de vermelho, mas sorrimos amarelo. Fecho o punho sobre o peito e o faço pulsar como um coração. Ela assente. Arrisco um movimento. Pergunto:

— Qual o seu nome?
— Meu nome?
— Sim, seu nome.
Ela hesita.
— Violeta. E o seu?
— Victor, eu já não disse?
— Não. Quando?

Percebo que misturo a realidade e o meu delírio de reanimação. Faço um gesto vago com a mão. O árbitro americano apita o início da partida. Faço o sinal da cruz. Tento me concentrar no que vejo, mas sou interrompido pelo que revejo. A mão sobre a coxa esquerda, o cabelo preto chicoteando-me a face, e os lábios quentes e úmidos da moreninha sobre os meus. Quando dou por mim, o Chile já está no ataque, lá do outro lado do campo. Cabeçada perigosa do camisa 18. A Espanha tenta impor seu tique-taque. A vaia dos torcedores chilenos é ensurdecedora. Eu me surpreenderia se Iniesta conseguisse escutar os próprios pensamentos. Os brasileiros vaiam impiedosamente Diego Costa. Sinto pena. Ele fez o mais sensato, ora, optou pelo país no qual construiu a sua vida. Queriam o quê? Lealdade ao chiqueiro de onde conseguiu escapar? A mão sobre a coxa esquerda, o cabelo preto chicoteando-me a face, e os lábios quentes e úmidos da moreninha sobre os meus. A fase de estudos de um jogo sempre me enerva. Alguém já a comparou às preliminares do amor. Estas, no entanto, têm um propósito. A fase de estudos no futebol não se articula com o jogo em si. De repente, os times se apercebem de que a partida de fato ainda não começou e que os espectadores pagaram para ver a bola entrar. Como no boxe, o árbitro deveria poder advertir os atletas por falta de combatividade. O estilo da Espanha, admito, se assemelha a uma fase de estudos estendida até o pós-doutorado. Mas foi assim que ganhamos uma Copa do Mundo e duas Eurocopas, caralho, para que mudar? O Chile, sim, parece estar mais disposto a ir logo ao clímax. Até toca a bola melhor do que nós. Era previsível que mais cedo ou mais tarde o tique-taque se voltasse contra o relojoeiro. Alonso cobra uma falta sobre a área, mas o goleiro chileno dá um tapa e tira a bola de perto do gol. De onde estamos conseguimos ouvir o som oco do tapa. A partida continua desfigurada. Alonso cobra nova falta, desta vez em direção à meta, mas a bola se perde na linha de fundo. A mão sobre a coxa esquerda, o cabelo preto chicoteando-me a face, e os lábios quentes e úmidos da moreninha sobre os meus. Iniesta reaproveita um chute perdido de Diego Costa, Alonso fica com a bola e finaliza, mas o goleiro chileno defende. Alonso sai jogando errado em nossa defesa, a bola fica com o camisa 20 deles, que passa rápido ao camisa 11. Este dribla Casillas e completa. Gol do Chile. Maldito Maracanã.

Há um urro gigantesco à nossa volta, todos se levantam. Só Guillermo, Juan Pablo e eu permanecemos sentados. Gol de Vargas, informa-nos o telão. Juan Pablo faz uma careta. Guillermo começa a maldizer Alonso.

— Cachorro filho de uma puta...

— O quê? Ele foi nosso jogador mais insinuante até agora e não é esta a função dele. Já teu Diego Costa parece dormir sobre um colchão...

Olho para o outro lado. A chilena permanece de pé, com os braços para cima, eufórica. Pela primeira vez, dá para entrever o que há por baixo de sua camiseta larga: um minúsculo short jeans. Pode ser chilena, mas tem o traseiro de uma brasileira, não no tamanho e sim nas formas. Sinto ímpetos de acariciar-lhe a curva dos glúteos. Os três músculos — o mínimo, o médio e o máximo — formando uma suave cascata de fibras que se distendem e se contraem, logo acima do bíceps femoral e do vasto lateral. Sendo o corpo humano obra do Senhor, os glúteos são a sua assinatura. Entendo por que os nativos dizem "Deus é brasileiro". Ele os dotou dos traseiros mais vastos e mais harmoniosos de toda a Criação. Eu adoraria dissecar os glúteos do camisa 7 da sua seleção nacional, apelidado Hulk. Com ele vivo e sem anestesia, filho da puta.

Tais pensamentos se dissipam conforme o jogo retoma seu curso e a camiseta larga recobre minha descoberta eroto-anatômica. A Espanha ainda se ressente do gol, é nítido. Talvez não tenha nem absorvido todo o impacto da derrota para a Holanda. Nossos jogadores sentem a bola queimar-lhes os pés e querem se livrar dela rapidamente. Erram muitos passes e devolvem a bola aos chilenos. A torcida adversária exulta. *Chi-chi-chi-le-le-le-Viva-Chile*. Meu olhar cruza com o da chilena.

Ela sorri, um pouco sem graça, como se quisesse se desculpar por estar feliz, e mais uma vez não consigo retribuir, pois me sinto profundamente infeliz. Cruzei o Atlântico novamente na certeza de que o raio não cairia duas vezes no mesmo lugar. A menos que Del Bosque saque um coelho novo de uma velha cartola, o raio está caindo no mesmo lugar. No maldito Maracanã. Alonso, mais uma vez, me afasta das elucubrações, mas o seu chute passa longe da meta chilena. Recuperamos parte de nossa autoestima, sim, só que nossa troca de passes não nos conduz a lugar nenhum. A Espanha agora me parece um homem que tenta disfarçar a impotência estendendo indefinidamente as preliminares, como se os nossos jogadores fingissem que podem consumar o ato do gol quando quiserem. Já os chilenos entram duro, às vezes com deslealdade. O árbitro me parece conivente. Ele afinal apresenta o cartão amarelo para o camisa 8 deles, mas logo faz o mesmo com Alonso. A velha lei da compensação dos gramados de futebol. Não me contenho e me ergo, impulsionado pelo grito que me vem das entranhas. Entre o impulso e o ato, porém, lembro-me apavorado de que estou do lado de uma mulher. Num átimo, troco o que queria de fato dizer a *mister* Geiger pela primeira palavra razoavelmente educada que me vem à cabeça:

— Venal!

A chilena me olha de um jeito espantado e ri. Desta vez, eu me irrito com ela.

— O que foi? — Deixo-me cair pesadamente no assento.

— Venal. Desculpe, mas nunca ouvi isso num estádio. Filho da puta, sim. Cabrão, sim. Veado, também. Vai tomar no olho do teu cu, mais ainda. Venal, não. Muito fino.

A menina domina o vernáculo castelhano. El Greco enrubesce. Devo estar da cor das nossas camisetas. Não retruco. Torço para o primeiro tempo terminar logo, pois de nossa parte o quadro parece incapaz de se alterar sem uma intervenção externa. Preciso respirar. Tento me acalmar. Del Bosque tem o grupo em suas mãos. A situação agora é diferente da situação no jogo contra a Holanda. É melhor. Em Salvador, fomos para o intervalo com um empate. É verdade que foi um empate inesperado, obtido pelos holandeses com aquele mergulho acrobático de Van Persie, quando tudo indicava que desceríamos aos vestiários em vantagem mínima. A avalanche laranja aconteceu com o segundo tempo em andamento, quando Del Bosque não podia mais fazer nada ou só podia fazer muito pouco. Agora não, teremos a pausa inteira já perdendo de 1 a 0. Nosso comandante há de reorganizar La Roja. Eu tiraria Diego Costa por misericórdia e estratégia. Iria poupá-lo dos apupos e restabeleceria o esquema sem centroavante fixo. Ainda que o técnico opte por El Niño Torres, este se movimenta mais do que Diego e...

Gol do Chile. Gol de Aránguiz, informa o placar eletrônico. Vejo a jogada transcorrer à distância, lá do outro lado do campo, como se experimentasse um fenômeno extracorpóreo. Alguém bate uma falta (ou terá sido um escanteio?) e Casillas espalma a bola para o meio da grande área. O chileno não perde tempo e marca 2 a 0. Meu desconsolo não tem limites. Não creio mais que Del Bosque consiga reverter nossa eliminação prematura da Copa. À minha volta, não há mais nada, nem mais ninguém, nem Juan Pablo e Guillermo, só o *Chi-chi-chi-le-le-le-Viva-Chile*. Tenho vontade de morrer. Sempre tenho vontade de morrer quando o Real Madrid perde, o que, modéstia à parte, não é muito comum, mas hoje a vontade de morrer é mais intensa. Não basta pegar o metrô e descer a dois quarteirões de casa. Não basta desligar a TV. Imagino-me arrumando mala, pegando táxi, fazendo check-in, acomodando-me para voar dez mil quilômetros sem dormir, pegando mala, pegando táxi e só então chegando aonde queria estar neste exato momento: a minha cama.

Uma salva de palmas me traz de volta ao Maracanã. O americano filho de uma puta apitou o intervalo. Nossos jogadores se arrastam para o vestiário enquanto os chilenos não querem sair nunca mais de campo, para sustentar este 2 a 0 pelos séculos dos séculos. Juan Pablo resmunga algo e sai correndo para o banheiro. Guillermo inicia uma catilinária contra Casillas. O pior é que ele tem razão.

— Este goleiro de vocês já tinha dado o que tinha que dar, foi um erro insistir com ele, caralho. De Gea deveria ter sido o titular desde Salvador. E não digo isso só porque ele já foi *colchonero*. De Gea é mais novo, mais alto, mais ágil, mais ambicioso. Iker conquistou o que tinha que conquistar, inclusive a Sara Carbonero, para que mantê-lo?

Olho em volta, sem ânimo para contestá-lo.

— De Gea deveria ter sido nosso titular desde o início. O que Iker fez? Não teve culpa do cabeçaço de Van Persie porque aquilo, não, aquilo só um médium defenderia. Embora estivesse um pouco adiantado, não poderia prever todo aquele arrojo e beleza. Também não teve culpa no segundo, pois a bola desviou em Ramos. Mas no terceiro gol, ele não alcançaria a bola nem mesmo se não tivesse sofrido a falta que o corno do árbitro não assinalou. Depois, Iker perdeu aquela bola boba para o Van Persie no quarto gol e ainda foi driblado duas vezes por Robben na jogada do quinto. Hoje, isso. Falha primária. Espalmar a bola para o meio de uma área cheia de chilenos... Puta que o pariu.

Desinteresso-me da caça às bruxas. A indignação de Guillermo vira mero ruído de fundo. Noto que a chileninha está sozinha. As louras quase gêmeas devem estar na fila do banheiro. Não sei o que me dá, não sei de onde tiro a coragem, mas eu mereço uma resposta e lhe pergunto:

— Por que você me beijou?

— É complicado.

— Sou adulto, posso compreender.

Ela hesita.

— Eu não podia aparecer no telão. Jogar meu rosto contra o seu foi a única maneira que me ocorreu de não aparecer no telão. Perdão. Já pedi perdão.

— E por que você não podia aparecer no telão?

— É complicado.

— Você não pensou que me beijar pode ter exatamente chamado a atenção para nós dois? O cretino do câmera fazendo *zoom in* no casalzinho de adversários? A imagem rodando o mundo numa antologia de melhores momentos da Copa?

— Não...

Pela primeira vez, a chileninha parece triste. Saboreio o momento. De trás da sombra que passa por seu rosto, surge uma pergunta:

— Você também tem uma razão para não querer aparecer no telão?

Nem desconfio por que ela me propõe essa questão. Saboreio o novo momento.

— Se você está tão irritado assim, também deve ter uma razão para não querer aparecer — ela insiste.

Então, Victor, o misterioso, responde no lugar de Victor, o desastrado.
— Talvez.
— E o que é?
— É complicado. — Sorri Victor, o misterioso.
— Você está brincando comigo?
— Talvez.
Guillermo continua sua diatribe contra Iker Casillas. Contemplo os reservas de ambos os lados batendo bola, tratando de fugir dos jatos d'água que molham o gramado. Olho para o placar eletrônico, que previsivelmente alterna imagens de chilenos em êxtase com imagens de espanhóis em agonia. Sinto vontade de chorar. Do jeito que as coisas estão encaminhadas, a partida contra a Austrália já de nada nos valerá. Vou tentar trocar minha passagem, de Curitiba para a casa do caralho. As louras quase gêmeas retornam, com dois copos de cerveja. A chilena me apresenta as duas. Não compreendo bem seus nomes. Um soa como Flordeslaine, outro me parece ser Bárbara. Não fixo qual é a da camiseta mais curta, qual é a da camiseta adequada. Ocorre-me que, juntas, as três parecem um mostruário ambulante dos tamanhos de camisetas. P, M, G. Aceno-lhes sem querer muito contato, mas retribuo apresentando-as a Guillermo, que nem as nota. Continua empenhado em maldizer Iker Casillas para toda a eternidade. Talvez seja prematuro fazê-lo. Ainda

temos quarenta e cinco minutos pela frente. Nada é tão ruim que não possa piorar. Os times voltam dos vestiários. À beira do gramado, Koke espera o árbitro auxiliar anunciar sua presença para *mister* Geiger e para o mundo. Sai Alonso. Não entendo muito bem o que Del Bosque pretende com isso, mas já não entendo nada.

Ao apito de reinício, a Espanha parte para cima do Chile. O domínio territorial só faz algum efeito depois de uns seis minutos. Um chileno dá uma pernada em Pedro. Ramos cobra para o goleiro espalmar. No minuto seguinte, Diego Costa recupera uma bola num movimento acrobático, a perna lançada por sobre o próprio corpo, movimento que aqui no Brasil chamam de "bicicleta". Li que foi invenção de um jogador dos anos 30 chamado Leônidas da Silva, conhecido como Diamante Negro. Era tão negro que cedeu o apelido a uma marca de chocolate. O esforço deste brasileiro branco, porém, é em vão. A bola de Diego Costa não segue na direção do gol, mas cai nos pés de Busquets. Lá estão Busquets, a bola e a linha completamente exposta. Só. Mas Busquets perde o gol. Catalão filho de uma puta. A partir desse lance, entro em transe. Deixo de registrar os lances isoladamente. O jogo se torna um pantanal de jogadas frustradas e ilusões perdidas. Só percebo que Diego Costa cede o lugar a Fernando Torres porque os muitos brasileiros infiltrados entre os chilenos dão-lhe uma vaia consagradora. Convenço-me de que só os grandes são capazes de despertar tanto ódio. Fosse um bosta qualquer, nem seria notado. Retomo meu transe. Vejo Casillas defender uma bola medianamente difícil. A mão sobre a coxa esquerda, o cabelo preto chicoteando-me a face, e os lábios quentes e úmidos da moreninha sobre os meus. A esteira do aeroporto. Chilenos trocam passes sem ser incomodados. A Espanha já está batida. Del Bosque efetua sua última substituição. Cazorla no lugar de Pedro. Tem pouco mais de quinze minutos para se consagrar. O táxi desde Barajas. Eréndira. A torcida chilena grita *olé*. Cazorla acerta um bom chute, afinal um chute, mas o goleiro deles espalma a escanteio. Iniesta acerta um chute ainda melhor, mas o goleiro deles espalma a escanteio. A noite será chilena. O estádio grita *Eliminado!*. Juan Pablo afunda o rosto nas mãos. Minha mãe em Madri. A mão sobre minha coxa... Não, não. Não rememoro mais. Está acontecendo novamente. A chilena põe a mão sobre minha coxa. Apenas a deixa estar ali, como quem não quer nada, um gesto de consolo a quem acaba de perder um ente muito querido. Estendo minha mão direita e cubro a pequena mão da chilena. Violeta.

Mister Geiger apita o final da partida. Um pandemônio noutro tom de vermelho que não o nosso toma o Maracanã. *Chi-chi-chi-le-le-le-Viva-*

-*Chile*. Guillermo e Juan Pablo choram abraçados. Os chilenos à nossa volta saltam uns sobre os outros. Procuro o bolsão de espanhóis acima de nós, mas não os vejo mais. O chão os engoliu. À minha esquerda, as louras quase gêmeas guincham como se experimentassem orgasmos múltiplos. Violeta permanece sentada ao meu lado, nossas mãos ainda se tocando. Longos minutos se passam sem que ninguém nesse trecho de estádio mude de atitude. Guillermo e Juan Pablo ainda choram abraçados. Os chilenos continuam saltando uns sobre os outros. Os demais espanhóis ainda estão desaparecidos. As louras quase gêmeas guincham como se experimentassem ainda mais orgasmos. Violeta segue sentada ao meu lado, nossas mãos ainda se tocando. Demora uma eternidade até que espaços comecem a se abrir em torno de nós, a batalha acabou, afinal. Resta recolher os cadáveres.

— É hora de irmos — me diz Violeta.

Não é uma ordem, nem um pedido, muito menos uma despedida. É tão somente uma constatação. Nós estamos de partida, juntos.

Concordo em silêncio, mas não me movo.

— Vamos, Victor — Violeta insiste, terna mas firme.

Levanto-me. Guillermo e Juan Pablo me olham espantados, como se ficar novamente de pé estivesse proibido a todos os espanhóis a partir de hoje. Deveríamos passar a andar de quatro, como símios. Explico-lhes que estamos partindo, juntamente com as três mulheres. Para onde?, perguntam-me. Boa pergunta. Estamos voltando para casa. Estamos voltando para o lugar de onde havíamos saído depois da Eurocopa de 2008. Um purgatório de chuteiras onde perambulam as almas penadas das segundas forças do futebol. Novas e promissoras gerações terão de recosturar La Roja sob o peso terrível desta tragédia maior no Maracanã, depois deste nosso Maracanazo.

— Para onde vamos? — repasso a pergunta retórica a Violeta.

— Onde vocês estão?

— Nosso hotel fica em Copacabana.

— Ótimo, então. Nós três também já estávamos indo para lá.

— Vocês moram em Copacabana?

— Só a Florisleide, mas nós vamos ao Fan Fest.

— Por que o Fan Fest, Deus meu?

Esta súplica deve soar particularmente patética porque, pela primeira vez desde meados do segundo tempo, Violeta sorri para mim. Sorri e adota um tom maternal.

— Porque sim, ora! Porque lá podemos assistir ao jogo da noite no telão. Porque podemos beber. Para comemorar, nós. Para esquecer, vocês.

Embora o estádio agora esteja quase silencioso, e Violeta fale em castelhano, retransmito tudo a Guillermo e Juan Pablo. Suas expressões doloridas me dão uma ideia do que terá sido a minha quando uivei "por que o Fan Fest, Deus meu?" um minuto atrás. Sim, a expressão de uma derrota inconsolável pode ser engraçada. Eles relutam em ir. Já vai ser duro encarar o metrô cheio de chilenos, resmungam, imagine um local construído especialmente para que os vitoriosos celebrem suas conquistas. Subimos a escada, os seis. Violeta lidera a fila. As louras quase gêmeas a seguem. Seus traseiros embalados em calças verdes de ginástica balançam bem diante do meu nariz. São traseiros gigantescos, constato. Quase me comovo com sua batalha contra a Lei da Gravidade. Por ora, parecem vitoriosos, mas pode ser efeito da malha. Em breve, no entanto, a natureza irá seguir seu curso, ladeira abaixo, terra adentro. Penso em Eros e Tânato de mãos dadas, num estádio de futebol que se faz mais deserto a cada segundo que passa. Viro-me para Guillermo e Juan Pablo. Quase tropeço num degrau, mas faço a careta mais lúbrica que me ocorre, apontando os traseiros com o queixo. Ambos dão de ombros. Deixo as três se desgarrarem um pouco. Tento animá-los com a perspectiva de que consigam cavalgar as louras quase gêmeas no apartamento de Flordelis.

    — E você? — pergunta-me Guillermo. — Não vai foder a chilena?

    A questão me soa impertinente, ofensiva até.

    — É diferente, caralho.

— Ela também não tem um traseiro, caralho?
— Cala a boca.
As três pararam no topo de uma rampa, esperando-nos. Seguimos em silêncio para fora do estádio. Continuamos em silêncio na passarela que dá acesso à estação do metrô, a mesma passarela na qual, pouco mais de quatro horas atrás, eu tive maus pressentimentos ao avistar o Maracanã. Aqui, nos sagramos tricampeões em dor: 1950, 2013, 2014. Quando chegamos à entrada da estação, viro-me para contemplar o estádio pela última vez em toda a minha vida. Juro pelo cabaço da Virgem Maria. Maracanã, adeus. Permanecemos em silêncio na plataforma apinhada de chilenos eufóricos. Agora, já não nos olham, nem mesmo com a condescendência da viagem de vinda. Estão certos, já não existimos. Somos apenas o espectro da outrora temível La Roja. Os chilenos já pensam na Holanda e no que o destino lhes reservará além.

É inútil conversar dentro da composição que para na plataforma sentido Copacabana e Ipanema. Os chilenos cantam seu triunfo. *Chi-chi-chi-le-le-le-Viva-Chile. Que o la tumba serás de los libres/ O el asilo contra la opresión.* As louras quase gêmeas permanecem caladas porque não compreendem o que se canta. Apenas sorriem em adesão aos ganhadores. Guillermo e Juan Pablo olham para baixo, talvez na esperança de que o piso se abra e os engula, como fez com aquele bolsão de espanhóis no estádio. Violeta e eu nos olhamos nos olhos. Os dela se arregalam levemente e assim parecem ainda mais verdes. Tenho a impressão de que espera que eu diga ou faça algo, mas entre tomar uma decisão errada e ficar quieto, escolho a segunda opção. Victor, o misterioso. Nossas mãos voltam a se tocar ao segurarmos na mesma haste de apoio do vagão. O contraste entre o calor de sua mãozinha e o frio do metal me excita. Ver de relance que um monitor de vídeo já estampa a notícia da derrota espanhola me derruba. Sinto vontade de morrer. Mas não agora, Senhor, não agora.

No túnel entre duas estações, ouve-se um ruído alto, um estalo seco, e a composição freia abruptamente. Todos no vagão oscilam para a frente e depois para trás. Nesse instante, Violeta apoia sua outra mãozinha no meu peito. A naturalidade com que ela me toca — na coxa, nos lábios, nas mãos, no peito — me desarma completamente. Não é que tais gestos sejam sensuais. Não. Eles são íntimos, familiares, e assim se tornam mais que sensuais. Como se nossa história não tivesse pouco mais do que noventa minutos, fora o intervalo. Mas o que pensas, estúpido? Estás tomando moinhos de vento por gigantes, um mal da tua raça! Não há história alguma. Uma moça tem que se esconder da câmera, e sua única saída é beijar o estranho que está sentado à sua direita. O que isso tem de mais? O trem se põe novamente em movimento. O condutor diz algo em português pelo sistema de som. Suponho que um pedido de desculpas e o anúncio da próxima estação, seria assim num país civilizado. Todos no vagão se recompõem. A mãozinha de Violeta continua apoiada do lado esquerdo do meu peito, o dedo mínimo sobre o escudo da Real Federação Espanhola de Futebol. Ela não comenta a parada brusca, não fala nada, nem sorri. Apenas se queda ali, aninhada a mim.

Saltamos de mãos dadas na primeira estação do bairro de Copacabana, chamada Cardeal Arcoverde. Talvez este seja, afinal, um país civilizado, cristão. Seguimos a pé em direção à praia, cercados por uma multidão de chilenos. Guillermo e Juan Pablo estão deprimidos demais para sequer cogitar puxar assunto com as louras quase gêmeas. Estas, aparentemente, não precisam que ninguém converse com elas. Mal saíram do vagão, tomaram a dianteira e começaram a falar sem parar. Eu e Violeta seguimos entre a dupla animada e a dupla arrasada. Eu e Violeta formamos uma dupla mista. Nem ela está totalmente animada nem eu estou totalmente arrasado. Deus fecha uma porta para abrir outra, costuma dizer minha mãe. A derrota de La Roja pode não ser a minha.

Com alguma dificuldade, conseguimos entrar no Fifa Fan Fest, um vasto cercado sobre as areias de Copacabana, tomado por palco, telões, bares e banheiros, banheiros que logo visito.

O jogo que fecha o dia já começou. A Croácia vence por 1 a 0. Há aqui grupos de croatas que não se aventuraram a viajar até Manaus, no coração das trevas, num voo de quase três mil quilômetros. País civilizado, cristão, certo, mas grande do caralho. Se partíssemos de Madri num voo Rio-Manaus chegaríamos a Kiev. Não há torcedores de Camarões à vista. Compramos mais cerveja e tentamos relaxar, por mais que os chilenos em larga maioria não parem de comemorar. Guillermo e Juan Pablo afinal se aproximam de Bárbara e Florisvalda. Olham-me por cima do ombro como se fossem cães à espera da aprovação do dono. Faço um movimento para a frente com o queixo. Sim, podem ir. Está bem tentar esquecer a nova humilhação que presenciamos.

Não me lembro de ter trocado palavra alguma com Violeta desde que pegamos o metrô. Temos vinte e poucos anos, ela talvez menos, e nos portamos como casais que acabaram de comemorar bodas de ouro e de silêncio. Esta analogia me perturba. Se ela não parece mesmo disposta a falar, eu preciso tomar a iniciativa. Admito que não é a melhor maneira de prosseguir a conversa, mas é a única coisa que me ocorre. Retomá-la simplesmente como se ela não tivesse sido interrompida no estádio.

— E por que você não podia aparecer no placar eletrônico?

Violeta suspira.

— Diz você primeiro.
— Eu estava apenas brincando contigo.
Violeta suspira de novo.
— É complicado, já disse.
— Sou alfabetizado, tenho QI compatível com minha idade e formação, sou primeiranista de Medicina em Madri... Acho que sou capaz de entender. — Sorrio.
Violeta suspira uma terceira vez.
— Eu fui escondida ao Maracanã.
— De seus pais?
— De meus pais, não, embora eles não gostem de estádios de futebol.
— De quem, então?
— É complicado.
Agora quem suspira sou eu.
— De alguns amigos — ela acrescenta.
Ergo as sobrancelhas. Violeta para e pensa. Olho em volta. O jogo está no intervalo. Guillermo tem a mão na cintura de Fiordiligi e sussurra algo no ouvido dela. Juan Pablo e Bárbara conversam com um quinteto de torcedores que, pelo tamanho e pelo grau de embriaguez, suponho serem russos. Quando volto a olhar para Violeta, ela está me olhando fixamente. Não pergunto de quais amigos ela estava se escondendo ao me beijar. Victor, o misterioso. Victor, o vivido. Victor, o especialista nos meandros da psique feminina. Diferentemente da tática de Del Bosque, a minha funciona.

— Eu estava me escondendo de alguns amigos com quem desenvolvo um trabalho político — Violeta retoma o assunto de livre e espontânea vontade. — Nós somos contra a realização da Copa do Mundo no Brasil.

Olho em volta, teatralmente.

— Parece meio tarde.

Violeta faz uma cara triste. A tristeza me é irresistível. Tenho vontade de beijá-la. Eu a beijo. Ela não resiste. Desta vez, o beijo é mais longo, quente e úmido.

— Essa dinheirama gasta nos estádios seria muito mais útil nas escolas e nos hospitais públicos, que estão em petição de miséria, mas não, claro que não, servem para distrair o proletariado de seus reais problemas e para enriquecer ainda mais os canalhas capitalistas que se aliaram de bom grado a este governo de pseudoesquerda — recita Violeta, sem respirar, nem suspirar. — Movimentos verdadeiramente populares precisam chamar a atenção da grande massa anestesiada para o estelionato ao qual ela está sendo submetida. Este governo de pseudoesquerda que aí está promoveu mudanças cosméticas que abriram as portas do consumo a largos segmentos, mas naturalmente não lhes abriu a porta da cidadania. Ou seja, só lucra mesmo quem produz os bens de consumo e se apossa da mais-valia do proletariado. Em junho do ano passado, fizemos grandes manifestações em todas as cidades importantes do Brasil para mostrar que não, a população dessa vez não iria se deixar enganar e impediria a realização de um evento organizado por uma multinacional da corrupção chamada Fifa.

    Cogito ter involuntariamente apertado algum botão quando a beijei. Ela fala sem parar. Onde se desliga isso? Faço uma primeira tentativa.

    — E, no entanto, estamos os dois agora no Fifa Fan Fest...

    Violeta não toma conhecimento de minha observação e segue no mesmo ritmo, sem se perturbar nem pelo segundo gol da Croácia, assinalado no segundo minuto do segundo tempo. Perišić. Meia do Wolfsburg. O goleiro de Camarões dá um chutão para a frente, Perišić intercepta a bola e corre fulminantemente pela esquerda até fuzilar a meta com um chute cruzado. Belo gol. Os croatas na frente do telão exultam e, como se estivessem em Manaus, sacodem as toalhas quadriculadas que usam como bandeira nacional. Ainda não tínhamos vindo ao Fan Fest. Se eu sobreviver a hoje, algo que não me parece seguro, penso que voltarei amanhã para ver Uruguai e Inglaterra. Violeta dá a impressão de ter perdido o fôlego. Faço uma segunda tentativa de desligá-la.

    — Mas se você é assim tão contra a realização da Copa do Mundo, por que foi assistir a uma partida, e de camiseta e tudo?

    — É complicado.

    — Eu já imaginava.

Não insisto imediatamente. Beijo-a de novo. Nisso, no meio do beijo, estoura uma briga perto de nós. Demoro a notar que ela envolve Juan Pablo, Guillermo e os russos. Quando noto, Guillermo já está caído na areia e toma um pontapé no quadril. Violeta me olha atônita, como se cobrasse "e aí, covarde, não vai brigar?". Antes que eu, a contragosto, avance os nove ou dez metros que nos separam da confusão, materializam-se quatro seguranças brasileiros. Perto de um deles, negro imenso de expressão imperturbável, mesmo o maior dos torcedores russos parece um peso-pena. Todos os envolvidos no princípio de briga são escoltados para fora dos limites da Fan Fest. Por solidariedade, eu e Violeta seguimos Guillermo, Juan Pablo, Bárbara e Florência até a calçada da avenida Atlântica. Os seguranças trocam palavras com os policiais militares que fazem a ronda externa e voltam para dentro do território autônomo da Fifa. Os policiais ficam nos encarando até que os dois grupos, o nosso e o dos russos, tomem rumos opostos no calçadão. Então, já a certa distância, o último dos russos ergue o dedo médio, dá de ombros e cambaleia atrás de seus companheiros.

— Comunista filho da puta — murmuro, entre dentes, mas cheio de bravura.

— Não são mais comunistas, quem dera fossem... — retruca Violeta.

Eu a ignoro. Aproximamo-nos de Guillermo, que levanta a camiseta de La Roja e abaixa um pouco a bermuda para ver se há vestígios do pontapé. Não há marcas, apenas dor. Ele nos explica que um dos russos tentou se engraçar com Florípedes, apertou-lhe o glúteo máximo esquerdo e não aceitou bem o tapa que levou na cara. Foi nesse ponto que meus amigos se viram obrigados a reagir. Isto é tudo. Guillermo maldiz o dia em que a campeoníssima La Roja foi eliminada da Copa do Mundo e ele apanhou de um russo bêbado. Uma das louras quase gêmeas propõe que a gente vá beber num bar próximo, que, ressalta, pratica preços sensatos. Não tem sido fácil sobreviver no Brasil, e em especial no Rio de Janeiro, desde que chegamos para assistir ao Mundial. Já tínhamos achado o país e a cidade caros no ano passado, mas de lá para cá os preços subiram ainda mais. Uma das coisas mais baratas é a cerveja em garrafa ou a *caña* das torneiras, que os brasileiros chamam de "chope", mas a comida precisa ser consumida com extrema moderação se não quisermos lavar pratos. É como se fôssemos cobrados não pelo que a comida de fato é, no mais das vezes insípida, muito menos pelo serviço que nos é oferecido por garçons displicentes que não entendem uma palavra de outro idioma que não o português, mas como se ao final da refeição nos apresentassem a conta da paisagem e dos sonhos extravagantes a ela associados. Pagamos pelas mulheres que olhamos com lascívia. Apenas numa das noites, um de nós, Juan Pablo, sempre faminto, se dispôs a pagar também pelo amor de uma delas, uma mulata sorridente que se apresentava como Tânia e dizia em inglês ser maior de idade, contra todas as evidências físicas em contrário. Ele subornou dois funcionários da recepção do hotel para que fizessem vista grossa. Eu e Guillermo não ganhamos nada para gastar em cerveja num bar próximo, enquanto ele fodia a prostituta adolescente no quarto que dividíamos. Quando voltamos, ele já dormia, nu, o pau mole à mostra. Lembrei-me de um rapaz que certa vez encontramos na mesa de dissecação. Uma colega cortou-lhe o pau, rindo, e o sacudiu para o resto da turma. O professor passou-lhe uma descompostura. Nossa profissão proibia a profanação dos cadáveres.

À mesa do bar indicado por Bárbara, ou por Flormilene, nos sentamos como se fôssemos dois times à espera do apito inicial, as mulheres de um lado, os homens do outro. A partida, porém, não começa. Todos os assuntos nos quais pensamos no trajeto de metrô parecem ter se esgotado no Fan Fest, inclusive os meus com Violeta. Já sabia que ela, ao me beijar no Maracanã, estava tentando se esconder de amigos esquerdistas. Agora eu não queria mais conversa, queria somente fazer sexo com ela, e as coisas não são promissoras. Estamos cansados, já um pouquinho bêbados. As louras quase gêmeas cochicham entre si. Guillermo se desinteressou de Florecilda e se concentra apenas em lamber a sua ferida moral. Juan Pablo estuda o cardápio. De vez em quando, pergunta a Violeta o que significa "calabresa acebolada" ou "caldinho de feijão". Concordamos em pedir, além da cerveja, uma porção de batatas fritas e outra de cubinhos de queijo provolone empanados e igualmente fritos.

— Que dia terrível para La Roja... — digo, mais para mim mesmo.

— Que dia magnífico para La Roja! — retruca Violeta.

Diante de meu espanto, ela prossegue:

— Vocês inventaram que sua seleção é La Roja só depois que ganharam a última Copa do Mundo. Antes, quando ela não ganhava porra nenhuma, era La Furia... La Furia! Ora, La Roja sempre foi a seleção chilena. Nem nos tempos do filho da puta do Pinochet, que me perdoem pela má palavra, nossa seleção trocou de cores. Sempre La Roja. Vocês... — Ela hesita antes de cunhar mais um slogan. — Uma vez espoliadores colonialistas, sempre espoliadores colonialistas!

Desta vez, são Juan Pablo e Guillermo que me olham espantados, como se dissessem "como você foi se arrumar com uma esquerdista caricata dessas?". Intimamente, já me fiz a mesma pergunta. Foi culpa do beijo. E da mãozinha sobre minha coxa, e do cabelo preto chicoteando o meu rosto, e do calor provocado por tudo isso em minhas entranhas. Juan Pablo, que não sentiu nada disso nem levou um pontapé, decide não deixar barata a arrogância de Violeta.

— Deixa de ser ignorante, menina — eleva a voz na diagonal da mesa. — Nossa seleção sempre foi chamada de La Furia Roja, ou La Furia, ou simplesmente La Roja. Vocês é que nunca ganharam porra nenhuma... Quarta força sul-americana, se tanto. Há o Paraguai, a Colômbia... Como está o Chile no ranking da Fifa?

Ninguém responde, e eles seguem discutindo. Eu me desligo mais uma vez. As louras quase gêmeas deram a impressão de acompanhar-nos razoavelmente enquanto falávamos na velocidade normal de uma conversa, no Fan Fest. A aceleração trazida pela polêmica as alienou. Ficam se entreolhando, constrangidas, sentindo o clima pesado. A meu lado, Guillermo ainda apalpa a área do quadril. Digo-lhe que examinarei o local quando voltarmos ao hotel. Ele me ignora. Violeta e Juan Pablo estão quase se esganando quando chegam os pratos.

Tão logo matemos a fome seguiremos nossos rumos. Ao amanhecer de amanhã, os eventos de hoje serão anedotas borradas, quiçá surreais, como este pedaço de provolone empanado. Tento imaginar o efeito de tanta gordura nas artérias. Desisto. Guillermo e Juan Pablo agora conversam baixo entre si, vez por outra olhando com ódio para Violeta. Esta fala animadamente com as louras quase gêmeas. Entendo, no máximo, uma dentre cada dez palavras que são ditas. Concentro-me nisso, mas não obtenho melhor resultado. Inclino-me para a frente para chamar a atenção de Violeta.

— Para uma chilena, você fala bem português.

A resposta vem acompanhada de uma mãozinha que avança sobre o tampo da mesa até me tocar na junção entre o braço e o antebraço.

— Nasci aqui. Meus pais é que são chilenos.

— Ah, compreendo — sorrio. — E a sua camiseta é emprestada do seu pai?

— Do meu irmão.

— Logo vi. Por que eles não estavam no estádio contigo? Por que você disse que eles não gostam de estádios de futebol?

Ela pensa um pouco antes de responder.

— Explico mais tarde — diz, retirando a mãozinha.

Na cabeça de Violeta haverá um mais tarde. Esta é uma informação importante. Talvez eu esteja enganado sobre o esgotamento de todos os assuntos e sobre os rumos distintos noite adentro. Tomamos mais algumas *cañas*. O álcool combinado à gordura das batatas e do queijo nos entorpece. Dá-me preguiça saber que haverá um mais tarde. As louras quase gêmeas se entendem em portunhol com Guillermo e Juan Pablo. Nenhum dos dois parece mesmo interessado em comê-las, o que me surpreende. Surge-me uma imagem. Estamos todos os seis, nus, na sala de um apartamento de Copacabana. Fodemos ruidosamente em cima de um mesmo sofá. Meto na boceta apertada de Violeta enquanto seguro um peito de Bárbara ou de Floratina, que, por sua vez, é enrabada por Juan Pablo. Tiro o pau de dentro de Violeta e fico em pé no sofá para a loura chupá-lo. O garçom chega com a conta.

O bar fica na esquina de uma praça escura e gradeada, diante da qual também há uma igreja. Detesto essas igrejas de linhas supostamente arrojadas. A autoridade moral nasce de uma arquitetura que celebra as belezas e os confortos da tradição. Portanto, uma igreja modernista é uma contradição em termos, que contém uma mensagem subliminar extremamente perigosa para a fé. A rua que passa na outra esquina deste lado da praça é a rua de nosso hotel, explica-nos Violeta, depois de se informar conosco. As louras quase gêmeas se despedem de nós em frente ao bar. A fantasia do bacanal a seis está fadada a ser somente isso, mais uma fantasia com a qual vou me trancar no banheiro quando todo o resto falhar, o que costuma ser quase sempre. Não culpo meus amigos. Padecem do brutal cansaço que se segue às grandes derrotas, da ausência de sentido que desespera os perdedores. Eu também iria roncar no quarto se Violeta tivesse ficado com as amigas. Ela me dá a mãozinha conforme contornamos a praça gradeada e subimos a rua que, posso reconhecer agora, é mesmo a do nosso hotel. Qualquer paciência que Guillermo e Juan Pablo possam ter tido com ela foi gasta na discussão sobre La Roja. Eles não demonstram mais nem a hipocrisia condescendente de quem torce pela foda alheia. Seguem na frente, apressando o passo sem olhar para trás, como se pelejassem para se livrar de um vira-lata carente. Sim, o cão agora sou eu. Não é tarde. Este bairro permanecerá movimentado mesmo quando forem quatro da manhã. Quase os perco de vista entre os grupos de torcedores. Quando chegam ao hotel, Guillermo e Juan Pablo se despedem de mim à distância e somem lobby adentro, as portas automáticas se fechando a suas costas. Violeta percebe que foi excluída do boa-noite e sorri amarelo. Eu retribuo, constrangido.

— Seus amigos não simpatizaram comigo.

— Eu mesmo não sei por que simpatizei... Comunista e chilena... Aliás, se você é brasileira, por que não está com uma camiseta amarela, como suas amigas?

— Primeiro, porque torcer por La Roja é algo que sinto que devo a meus pais. — Ela faz uma pausa provocante, esperando que eu reaja à nova apropriação de La Roja. Não o faço, e ela prossegue: — Segundo, porque esse time brasileiro é muito ruim, marketing puro. Terceiro, se ele ganhar as pessoas vão ficar satisfeitas demais para protestar.

— Ah, claro... — eu sorrio. — O ópio do povo...

Violeta ignora a ironia. Trocamos um beijo.

— E agora? — pergunto, ansioso.

Violeta sugere que subamos um pouco mais a rua para tomar um derradeiro trago, uma "saideira", num bar mais tradicional que, segundo ela, tem ares espanhóis. Passamos pelo bar onde eu e Guillermo bebemos noites atrás, enquanto Juan Pablo fodia a mulata menor de idade, e continuamos subindo a rua, que começa a se tornar uma ladeira pouco depois de meu hotel. Violeta está certa. Este outro bar tem ares espanhóis. Uma vitrine corre ao longo do balcão, exibindo toda sorte de comida, que deve ser pedida em pequenas porções, como *tapas*. Conseguimos lugar numa das seis ou sete mesas comunitárias, perpendiculares ao balcão. Os outros quatro lugares estão tomados por velhotas brasileiras que se vestem como se tivessem quarenta anos a menos. Aprendi conversando com Léo, um brasileiro que conhecemos na praia, ano passado, que elas fazem parte de um grupo humano característico deste bairro, "as velhas de Copacabana". O outro grupamento humano característico deste bairro são "as putas de Copacabana". Toda a população feminina de Copacabana se divide entre velhas e putas, disse-nos Léo. Algumas velhas, como as quatro à nossa mesa, parecem ter se transferido de um time para o outro. Violeta, porém, não joga em nenhum dos dois. Até eu sou uma presença menos incongruente aqui. Mais um gringo atrás de putas.

— Onde você mora?

— Em Laranjeiras.

— E onde fica isso?

— Você foi ao Cristo Redentor? Daqui até lá, é o último bairro pelo qual se passa para chegar à estação do trenzinho. Uma rua estreita de mão dupla, basicamente.

— Muito trânsito lá — observo.

— Trânsito demais — Violeta concorda.

Pedimos chopes e uma porção de sardinhas no azeite, acompanhadas de pão fatiado. Estou desesperadamente à cata de um assunto. Elogio a comida, falo que além de tudo ela é saudável, diferentemente dos cubinhos de queijo provolone empanado e frito, mas Violeta não se digna a concordar com obviedades. Apelo:

— Violeta é um belo nome.

— É uma homenagem.

— A quem? Sua mãe ou sua avó?

— Não. A Violeta Parra.

— Quem?

— Uma grande cantora, pesquisadora do folclore do Chile, ativista política... Ela morreu nos anos 60, quer dizer, ela se matou no final dos anos 60...

— Por qual causa? — ironizo, mas Violeta de novo não nota. Não tenho a menor boa vontade com os suicidas. A vida nos é dada por Deus, não nos cabe encerrá-la.

— Só a causa do amor.

A resposta me desconcerta. Dá-me vontade de pegar Violeta no colo. Não seria difícil. Tenho um metro e oitenta e dois, ela mal deve passar do metro e sessenta. Começa a recitar alguma coisa:

— *Gracias a la vida que me ha dado tanto/ Me ha dado el sonido y el abecedario/ Con él, las palabras que pienso y declaro/ Madre, amigo, hermano/ Y luz alumbrando la ruta del alma del que estoy amando...* Conhece?

Balanço a cabeça negativamente.

— Que feio, deveria... É de Violeta Parra. Você também tem o nome de outro grande cantor chileno. Victor, Victor Jara. Torturado e morto durante o golpe militar.

— Também nunca ouvi falar nele, nem muito menos ouvi algo dele — digo, ainda contrafeito, porque alguma esse Victor deve ter aprontado para ser torturado e morto.

Violeta, então, se põe a cantar. Não mais cantarolar, como acabou de fazer. Cantar. Numa voz pequenina como ela, mas muito emocionada.

Te recuerdo, Amanda
La calle mojada
Corriendo a la fábrica donde trabajaba
Manuel

*La sonrisa ancha, la lluvia en el pelo,
No importaba nada
Ibas a encontrarte con él,
Con él, con él, con él, con él*

*Son cinco minutos
La vida es eterna,
En cinco minutos*

O burburinho do bar vai morrendo e todos, as velhotas vulgares, os bêbados residentes, os jovens *hipsters*, os torcedores chilenos e franceses, as putas, todos se calam para ouvi-la. Violeta mantém a solenidade, embora se possa adivinhar que está prestes a chorar. Canta a canção até o final. A sirene, o acidente de trabalho, o corpo destroçado. Sua voz está cada vez mais emocionada, como se cantasse seu hino nacional antes de uma final de Copa do Mundo. Por fim, ela se cala. Há um instante de silêncio. Então as pessoas aplaudem. Eu também aplaudo. Os olhos verdes de Violeta estão marejados, mas ela sorri. O burburinho do bar volta ao nível anterior, como se alguém tivesse girado para lá e para cá o controle do volume num amplificador.

— Agora você não pode mais dizer que nunca escutou Victor Jara.

— E jamais esquecerei...

É uma música esquerdista, conforme imaginei, mas não posso negar-lhe a beleza. Não é a primeira vez que isso me acontece. Lembro-me da visita que fizemos a La Pedrera, em Barcelona. Meu pai ainda era vivo. Eu devia, portanto, ter oito ou nove anos. A lojinha de suvenires do apartamento mobiliado vendia pequenas engrenagens afixadas a um pedacinho de madeira. Cada qual tinha uma manivela que, se girada, tocava o trecho de uma música conhecida. Gostei de uma e levei para meu pai pagar. Ele girou a manivela, ouviu a melodia e gritou para que eu a devolvesse imediatamente à bancada. Mais tarde, no hotel, enquanto meu pai fazia a sesta, minha mãe explicou que aquela música se chamava *Internacional Socialista* e era o hino dos homens maus. Mas por que a vendiam?, perguntei-lhe. Porque Barcelona estava cheia de homens maus desde os tempos da guerra, foi a resposta. Pensei que os homens maus ao menos entendiam de música. Mais velho, compreendi quem eram os homens maus, e por que eles eram maus, mas nunca deixei de gostar da *Internacional Socialista*. Tinha até baixado na internet uma versão em inglês de Billy Bragg. Só não podia ouvi-la em casa sem usar os fones de ouvido. Minha mãe teria feito um escândalo se reconhecesse a melodia.

— E você, Victor, gosta de música?
— Claro!
— Do quê?

Não vou falar de Billy Bragg. Nomeio o que ouvi todas as últimas noites, antes de dormir.

— Damon Albarn.

— Quem? — Violeta pergunta, a boca cheia de sardinha, azeite e pão.
— Damon Albarn.
— Árabe, ele?
— Há?
— Al Barn.
— Não, não. Inglês. Albarn, tudo junto.
— Nunca ouvi falar.

Sou um tímido. Deixo de fazer perguntas na faculdade simplesmente porque não quero que a atenção do professor e de meus colegas se volte para mim. Se a pergunta fosse pertinente, pareceria que estou me mostrando. Se a pergunta fosse estúpida, pareceria que sou um estúpido. Melhor ficar quieto e depois procurar nos livros. Ainda há pouco, enquanto Violeta cantava, eu senti o rubor tomar-me as faces conforme todos no bar olhavam para nós. Sinto vergonha alheia, por vizinhança ou por solidariedade. Nunca me arriscaria a cantarolar em público o que quer que fosse, mas não vou deixar Violeta sem ouvir Damon Albarn. Tenho o álbum comigo. Saco o telefone da bermuda, deixo "Everyday Robots" no ponto e ofereço a ela os fones de ouvido que sempre carrego, como uma boia para os inúmeros naufrágios causados por minha timidez. Violeta escuta por um minuto, não mais, e contorce os cantos da boca para baixo.

— Muito triste isso.
— E a música que você cantou, ora, não é triste?

— É diferente. Tem uma causa. Essa aí é apenas mal-estar pequeno-burguês. Além disso, não gosto do idioma inglês.

Enfureço-me.

— Meus amigos têm razão. Ou você é uma idiota ou é uma estudante de teatro que treina para interpretar uma comunista numa peça amadora. Se for este o caso, devo dizer que você está *overacting*. Bela palavra em inglês, *overacting*. Mal-estar pequeno-burguês? Não gostar do idioma inglês? Pensa que Shakespeare escreveu as peças dele em quíchua? Pensa que teu Marx foi se exilar onde? Em Havana? Quanta bobagem.

Meu tom de voz atrai a atenção das velhotas na mesa. Fodam-se. Sigo em frente.

— Provavelmente este Victor Jara é um cantor de bosta, só lembrado porque os homens de Pinochet também foram idiotas demais e o mataram, criando um mártir.

Violeta teria virado a mesa em cima de mim se a mesa não fosse presa ao chão. Nem se eu tivesse dito que cagava na boceta aberta da mãe dela ela teria ficado daquele jeito. Respira tão forte que pela primeira vez posso discernir as formas de seus peitos subindo e descendo sob a camiseta larga. As quatro velhotas param de conversar e saboreiam a cena de telenovela mexicana, embora não entendam nem a palavra "Shakespeare". O resto do bar nos ignora.

— Seu porco fascista — Violeta finalmente consegue articular, num jeito curioso de elevar a voz sem berrar. — Não sei por que estou sentada aqui com esse filho da puta!
    Olha para uma das velhotas, como se esperasse uma resposta. Eu me antecipo:
— Porque você me beijou. Eu não pedi. Você me beijou.
    Violeta considera a resposta durante minutos. No processo, sua respiração vai se acalmando, e seus peitos voltam a desaparecer sob a camiseta larga. Sem o escândalo, as velhotas se desinteressam de nós. Chamo a atenção do garçom e, sem consultar Violeta, peço mais dois chopes. É minha versão do cachimbo da paz. Seguimos em silêncio até a bebida chegar. Violeta coloca o último pedaço de sardinha em cima da última fatia de pão, dobra-a, esfrega no azeite, leva à boca e mastiga lentamente. Desvio o olhar. Ver os outros mastigar sempre me deu nojo. Em pé no balcão, uma brasileira morena conversa com um sujeito mais velho. Tal qual as louras quase gêmeas, esta usa uma calça de ginástica justa. Não há separação visível entre o glúteo máximo e o bíceps femoral. Ou seja, entre a cintura e o joelho há uma peça contínua de carne. O glúteo não se destaca abruptamente acima da perna, antes surge como um prolongamento dela. Minha curiosidade, no caso, é meramente científica. Esta mulher é uma aleijada. A graça de um traseiro está no modo como ele se destaca do resto do corpo.

— Vamos combinar de não falar mais de política? — propõe Violeta, de chofre, trazendo-me de volta à mesa.

— Mas nós estávamos falando de música, foi você quem trouxe a política...

— Eu sei, eu sei, perdão.

— Certo.

— Certo, mas você também tem que me pedir perdão.

— Ah, é? Pelo quê?

— Pelo que disse de Victor Jara. Você nem o conhece para dizer aquilo.

Não consigo sufocar o riso.

— Quantos anos você tem? Treze?

Violeta ri também.

— Catorze.

Violeta volta à mesa com o celular ainda ao ouvido. Afasta-o para me comunicar que está tudo certo, que arrumou um canto para passarmos o resto da noite. Vira-se de costas, diz mais alguma coisa em português, desliga o telefone e senta-se. Temos que esperar. O lugar só se esvaziará daqui a uma hora e meia, aproximadamente. Pedimos mais chopes. Ela se recusa a me contar de quem é o apartamento. Conta apenas que fica perto, aqui em Copacabana mesmo, e que podemos matar o tempo caminhando devagar até lá. Sugere que retornemos à avenida Atlântica. Não me oponho à ideia.

Descemos a rua, passamos de novo na frente do meu hotel, onde Juan Pablo e Guillermo roncam, afinal esquecidos do nosso Maracanazo, passamos de novo ao lado da praça gradeada, chegamos ao calçadão. Está tão cheio como quando saímos do Fan Fest. Hordas de torcedores vestindo todo tipo de camisetas — Brasil, Alemanha, Croácia, Chile, Estados Unidos, México, Colômbia, uns poucos espanhóis deprimidos — vagam numa ou noutra direção, como se esperassem algo de extraordinário acontecer. Eu não preciso mais esperar por algo de extraordinário. Ele já me aconteceu. A Espanha foi eliminada, mas fui beijado assim do nada por essa garota bonita, e agora passeio à beira-mar com minha namorada brasileira, à espera do momento em que, sabemos, foderemos. Essa antecipação da trepada já me excita. Desde que não conversemos sobre política, música e futebol, ou seja, desde que não conversemos sobre nada, eu e Violeta teremos uma noite agradável. Caminhamos lentamente na direção do Fan Fest. Segundo Violeta, se nós acertarmos o ritmo, depois de passarmos por lá já poderemos atravessar a avenida de volta ao paredão compacto de prédios, um antônimo visual perfeito à expressão "paraíso tropical". O apartamento fica em algum prédio "por ali".

— O que você vai dizer a seus pais? — provoco, só para confirmar que estamos a menos de duas horas de fazer algo passível de ser feito às escondidas.

— Já disse à minha mãe — sorri Violeta.

— Vou ficar aqui por Copa mesmo, na casa da Flordeslaine. Faço isso com frequência, ela não tem por que duvidar.

Pergunto-me o que ela faz com frequência: dormir na casa da amiga ou dizer que vai dormir na casa da amiga. Não tenho o direito de lhe fazer esta pergunta. Calo-me.

— E seus amigos, não vão estranhar sua ausência?

— Não, tranquilo, tranquilo. Aqueles dois, quando dormem, dormem mais pesadamente que a defesa espanhola.

— Você está melhorando! Já consegue fazer piada com a derrota.

Dou de ombros.

— Tenho escolha? Além disso, esquece que estudo Medicina. Você ficaria surpresa com quantas piadas diferentes se consegue fazer com uma fratura exposta.

— Imagino...

Conto-lhe que não tenho vocação para ser médico, mas que acho que devo isso a meu pai e ao pai de meu pai, eles sim, médicos apaixonados. Seja como for, também não me imagino fazendo outra coisa. Violeta pergunta como meu pai vê o meu dilema.

— Se vê, vê lá do céu e está apto a me perdoar.

Violeta examina meu rosto em busca de algum sinal de ironia. Não encontra.

— Sinto muito... — ela hesita. — Você acredita em céu, inferno, essas coisas?

— Sim, creio em Deus e em todo o resto. E você?

Ela sacode a cabeça horizontalmente antes de responder.

— Não.

— Tinha-me esquecido... — sorrio. — Mas houve um momento em que você tenha acreditado em Deus e um momento em que você parou de acreditar em Deus?

— Nunca acreditei em nada que não possa ser visto.

— E como seus pais deixaram você não ter religião?

— Ih, perto deles, sou uma mística...

Meus pais eram universitários em Santiago quando se conheceram em um comício de apoio às reformas de Salvador Allende. Salvador tornou-se também o nome do meu irmão. Como o presidente foi eleito por pequena margem, a oposição golpista imediatamente questionou a legitimidade de seu governo. Quando Allende ia conduzir o Chile ao socialismo, melhorando a vida dos pobres e contrariando as multinacionais do cobre, a porra da direita começou a tramar a derrubada.

O presidente achava que contava com a lealdade de seu novo ministro do Exército, general Augusto Pinochet, filho de uma puta da casa do caralho... Falar em puta, olha lá, os russos no banco. O grandalhão já está com uma menina no colo! Estão fodidos. Não sobrará nada deles. As piranhas vão devorá-los... Quando afinal veio o golpe militar, a 11 de setembro de 1973, o meu pai, que ainda não era o meu pai, lógico, pensou em pegar em armas para defender Allende, isso muito embora não tivesse uma arma, nem tivesse segurado uma, nem muito menos treinado com uma. Desistiu da ideia por insistência da minha mãe, que também ainda não era minha mãe, claro. Ela o fez jurar que iriam para as casas dos respectivos pais e esperariam o desenrolar dos acontecimentos. Havia esperanças e boatos de que milícias de esquerda enfrentariam os soldados chefiados pelo traidor Pinochet, filho de uma puta da casa do caralho. Com o passar das horas ficou claro que não havia resistência significativa. As notícias eram de prisões e execuções sumárias. De quando em quando, ouviam-se rajadas de metralhadora pela cidade. O palácio presidencial havia sido bombardeado. Allende talvez estivesse morto. Na manhã seguinte, veio o comunicado oficial. Allende estava morto. Suicídio, foi a porra da versão oficial. Minha mãe se trancou no quarto e começou a chorar pelo presidente, pelo governo da União Popular, pelo Chile... Chorou ainda mais quando uma amiga, também militante de esquerda, apareceu de surpresa e lhe informou que meu pai tinha sido preso na casa dos pais dele. Temendo que o mesmo acontecesse com minha mãe, os meus avós maternos decidiram escondê-la no apartamento de veraneio que um parente mantinha vazio em Viña del Mar. Eles não aprovavam as ideias de mamãe, mas isso não significava que não a quisessem viva e bem. Desceram a cordilheira, um casal respeitável de meia-idade transportando enrolado, no chão entre os bancos da velha Mercedes, um tapete persa para o seu recanto de praia. Todo cuidado parecia pouco, mas os soldados de um bloqueio de estrada não se atreveram a revistar o carro à simples menção do sobrenome da família de minha mãe. Ela então passou uma semana sozinha no apartamento de Viña, sem notícias do meu pai. Nesse período, seu único contato com o mundo exterior foi a faxineira, índia velha e de poucas palavras, que trazia a comida cuidadosamente escondida em embalagens vazias de material de limpeza. Ninguém achou estranho um apartamento vazio precisar de tantos cuidados!

Eu ouço a história de Violeta atentamente, apesar do mal-estar que me causa o que ela fala de Pinochet, porque a história da família de Violeta me lembra a história da minha própria família, apenas os sinais estão trocados. Onde se ouve "esquerda", que se ouça "direita". Onde se ouve "direita", que se ouça "esquerda". Isso gera em mim um misto de empatia e sadismo. Talvez seja característica comum aos médicos. Empatia e sadismo. Para se estancar o sofrimento humano, há que se testemunhar o sofrimento humano. Difícil dizer o que nos atrai à faculdade. Se o estancamento ou o testemunho. Uma parte de mim gozou o momento de minha primeira sutura, sob o olhar vigilante do professor Montalbán. A imigrante equatoriana deixara cair uma garrafa de vinho no pé. Um dos cacos cortou-lhe fundo e rente ao tendão do extensor longo do hálux. A anestesia não pegara ainda, mas rapidez era essencial porque ela perdia muito sangue. Gemia baixinho, mas elevava o tom a cada estocada da minha agulha.

Uma semana depois de ter sido levada para Viña del Mar, assim que a faxineira foi embora, minha mãe ouviu baterem à porta. Primeiro, pensou que a índia velha tivesse esquecido algo e voltara para pegar. Depois, lembrou que a índia velha tinha a chave do apartamento. Por fim, entrou em pânico. Aproximou-se da porta quase sem respirar e espiou pelo olho mágico. Seu coração se derreteu quando encontrou o namorado do outro lado da lente. Ao abrir a porta, viu que o rapaz dos seus sonhos se tornara um homem nos últimos sete dias. A barba por fazer não escondia os inchaços em sua face, antes os ressaltava. Faltavam-lhe dentes na frente. Cortes retos e paralelos apareceram nas costas de meu pai, conforme ele se despia, conforme os dois se despiam, antes de trocarem quaisquer palavras mais elaboradas do que "meu amor".

Meu pai tinha sido levado para um estádio de futebol no centro de Santiago. Lá, vigiados por centenas de soldados e cachorros, milhares de outros presos aguardavam sua vez de serem interrogados e fichados. Qualquer interrogatório subentendia uma cota mínima de brutalidade. Por mais que minha mãe se chocasse com o que via, meu pai tinha recebido apenas e tão somente a cota mínima de brutalidade. Muita gente nunca mais iria bater na porta de ninguém. Meus pais souberam depois que Victor Jara, aquele da canção que te cantei, foi torturado e assassinado no mesmo estádio. Antes, os soldados lhe esmagaram as mãos para que, ainda que por acidente sobrevivesse, não tocasse mais violão. Como a família de meu pai também tinha lá a sua importância na burguesia, um tio advogado o localizou e o retirou do estádio, com a recomendação de que sumisse imediatamente do Chile. Em parte, era um apelo pela sobrevivência do filho de sua irmã mais nova. Em parte, era desgosto por suas ideias esquerdistas. O tio era do tipo de fascista endinheirado que falava "o câncer do marxismo".

No entanto, o homem que viria a ser meu pai não concebia fugir do país sem a mulher que viria a ser minha mãe. Bateu na casa dos meus avós maternos e implorou pelo paradeiro de sua namorada. Meu avô acertadamente temeu que o homem surrado pudesse ter sido seguido, todo cuidado era pouco, nenhuma paranoia exagerada, mas concluiu que não podia negar-lhe o pedido. Meteu-o na velha Mercedes e ficou horas zanzando, primeiro por Santiago, depois por Valparaíso, até se certificar de que nenhum carro sinistro os acompanhava. Quando isso aconteceu, foram para Viña del Mar e ficaram esperando a índia velha largar o serviço para que Alejandro, este o nome do meu pai, subisse pelas escadas e batesse na porta do apartamento onde estava María Estela, este o nome de minha mãe. No dia seguinte, o motorista do tio advogado de papai os recolheu ali e começou a subir a cordilheira dos Andes. Passou ao largo de Santiago, atravessou a fronteira argentina por uma estrada de cascalho e os deixou em Buenos Aires, de onde, estava tudo arranjado, pegaram um avião até Nova York. Lá meus pais moraram por onze anos, concluíram seus cursos de Engenharia e Letras, tiveram meu irmão. Iniciando o processo de retorno, vieram para o Brasil em 1984. O governo militar brasileiro anunciara que iria redemocratizar o país, promulgara uma anistia e se distanciara tanto de Pinochet quanto dos colegas argentinos. A chamada Operação Condor, na qual os órgãos terroristas de repressão dos países do Cone Sul trocavam informações e prisioneiros entre si, parecia estar chegando ao fim. Meus pais, então, se arriscaram a vir morar no Rio. Mamãe engravidou novamente, mas este meu outro irmão, que se chamava Bernardo, morreu na infância, de meningite. Eu sou uma temporã. Quando nasci, mamãe tinha quarenta e um anos, papai quarenta e dois, e Salvador dezessete. Hoje, aos trinta e nove, ele ainda mora com a gente, o salário de fome de professor de História não lhe permite viver sozinho com a namorada, também professora. Foi dele que eu peguei emprestada esta camiseta do Chile. Quer dizer, ele nem sabe que me emprestou...

O álcool destrava a língua de Violeta. Sua reticência no Maracanã se transforma numa torrente de confidências no calçadão de Copacabana. Isto, porém, não me surpreende. Casais que acabam de se conhecer costumam trocar histórias, como se fosse condição *sine qua non* para consumarem aquilo que de fato os aproximou. Sexo. O surpreendente é que ela não pede nada em troca. Abre-se sem reciprocidade. Violeta sabe apenas que me chamo Victor, que sou madrilenho e madridista, que estudo medicina, que sou um ano mais velho e que não simpatizo com suas ideias políticas. Não sabe o quanto não simpatizo com suas ideias políticas. Eu agora conheço a história dos seus pais e, tomado pelo tipo de epifania que costuma acontecer só aos bêbados ou meio bêbados, concluo que o esquerdismo pode ser genético.

Diante de determinada rua, Violeta interrompe sua narrativa e anuncia:

— Podemos atravessar e voltar para os prédios.

Caminhamos dois quarteirões e entramos numa rua quieta, paralela à avenida Atlântica. Aqui, exceto por algumas bandeirolas verde-amarelas que se confundem com as folhas das árvores, não é Copa do Mundo. Seguimos pela rua. Subitamente, Violeta dá meia-volta, e entramos num prédio diante do qual já havíamos passado. Um porteiro nos abre a porta, nos dá boa-noite, mas não faz nenhuma pergunta. Subimos pelo elevador até o nono andar, pegamos a escada e descemos dois lances. Está provado. Não apenas o esquerdismo é genético. A paranoia também passa de pais para filhos. Quando se acende no interior do apartamento, a luz revela uma sala na qual há apenas almofadas, uma estante de metal com poucos livros, enormes pilhas de jornais pelo chão e um cartaz com uma imagem do Rio de Janeiro e a frase "Brasil em chamas" em alemão, pendurado numa parede recém-pintada. Dá para sentir o cheiro da tinta. As janelas estão tapadas por folhas de jornal coladas com fita adesiva transparente.

— De quem é o apartamento? — insisto em saber.

— De amigos.

— Os mesmos amigos que não podiam te ver no Maracanã?

Violeta suspira.

— Sim... A gente costuma se reunir aqui.

— Você acha que o porteiro não vai dizer para eles que você apareceu aqui metida numa camiseta de futebol?

Violeta sorri.

— Os porteiros de Copacabana não têm nem olhos nem ouvidos.

Na cozinha, alguns pratos empilhados dentro da pia cheiram a pizza. Há dúzias de garrafas vazias de cerveja no chão, entre a cozinha e a área de serviço. Abro a geladeira e encontro apenas três garrafões de vidro cheios de água e duas latinhas de cerveja. Mostro uma delas a Violeta.

— Posso?

— Pode, claro. Tudo aqui pertence a todos. Até ao inimigo...

— Bem, aparentemente a lavagem das louças vai sobrar para alguém...

Violeta ignora minha réplica. Já está em outro cômodo. É um quarto no qual há um colchão de casal no chão, dois colchões de solteiro em pé contra as paredes, e as janelas também estão tapadas por folhas de jornal. Ela vasculha um armário embutido e retira um lençol. Ajudo-a a colocá-lo no colchão para casal. Tiramos nossos tênis e ficamos ali, olhando um para o outro, de joelhos. Ela toma a latinha da minha mão, dá um gole e voltamos a ficar nos observando. Sinto-me desconfortável. Tenho dificuldades de olhar alguém nos olhos durante muito tempo, ainda que os olhos verdes de Violeta sejam lindos, e eu a deseje ardentemente. Desvio o olhar para o piercing no nariz. Não funciona. Fecho os olhos. Aproximo-me dela e a beijo. É a senha. Jogamos nossas camisetas vermelhas para o alto, arrancamos nossas bermudas e nossas roupas de baixo e fazemos nova pausa para nos observarmos, agora já nus, mas novamente de joelhos. Não sei o que ela enxerga no meu corpo, fora um pau dolorido de tão duro. Sei o que vejo no dela. Não há marcas de biquíni em sua palidez acinzentada. No meio dos cabelos muito pretos escorridos, destacam-se pequenos mamilos escuros centralizados em seios discretos, mas formosos. Abaixo de um abdômen suave e harmoniosamente convexo, estão os pelos púbicos, cortados rente num retângulo vertical, que expõe lábios surpreendentemente grandes.

A mãozinha dela segura meu pau. Eu abocanho um seio inteiro. A mãozinha dela começa a massagear meu pau para cima e para baixo. Eu meto um dedo dentro de sua boceta molhada. Ela se abaixa e põe meu pau na boca. Eu levo meu dedo à boca para sentir o gosto da sua boceta molhada. Ela começa a mover a cabeça que envolve meu pau. Eu lhe aperto os glúteos. Eu lhe aperto o topo das coxas. Eu acaricio a parte de trás de seus joelhos. Ela cospe no meu pau. Ela se atira no meu pescoço. Ela envolve minha cintura com as pernas. Eu a abraço. Eu entro nela. Ela se agita espetada no meu pau. Eu enfio o rosto em seus cabelos negros escorridos. Eu a beijo na boca e sinto o gosto do meu próprio fluido pré-ejaculatório. Ela se agita ainda mais. Eu abro os meus braços em cruz. Ela goza pendurada em mim. Eu gozo ao sentir a sua vulva apertando-me o pau ritmadamente. Ela fica ainda mais molhada. Eu permaneço de joelhos enquanto nossos líquidos misturados escorrem-me pelas coxas. Ela respira pesadamente no meu ombro. Ela mordisca o meu ombro. Eu me arrepio. Eu fecho meus braços em seus glúteos e a puxo para mim. Ela estremece. Ela desmonta. Ela volta a chupar o meu pau, que continua duro. Eu meto mais fundo na sua garganta. Ela hesita, engasga, mas não para. Ela se atira para trás, com as pernas abertas. Eu a admiro como se fosse uma figura de mangá pornográfico. Ela abre os grandes lábios com os dedos de sua mãozinha. Eu me deixo tombar para dentro dela. Eu suo abundantemente. Ela permanece fresca. Eu me concentro para gozar de novo. Eu sinto os detalhes das paredes da vulva com a cabeça hiperexcitada do meu pau. Ela aperta os meus glúteos. Eu vejo suas pupilas se dilatarem a cada estocada minha. Ela goza. Eu gozo. Eu me deito em cima dela, cobrindo o seu corpo. Eu e ela ficamos assim sabe-se lá por quanto tempo. Só esse eu e só esse ela, porque nada mais existe no mundo até que um alarme de carro dispare na rua. Alguém grita alguma coisa lá embaixo. Eu saio de cima e de dentro dela. Ela me contempla com olhos muito verdes e lábios muito vermelhos. Ela sorri. Eu me deito de costas e fecho os olhos. Eu controlo minha respiração. Eu começo a lhe contar uma história.

Meu avô paterno, chamado Sebastián, era um adolescente na zona rural de Buendía, um vilarejo a leste de Madri, quando estourou o levante militar de 18 de julho de 1936. Tal como seus pais e seus cinco irmãos menores, ele era um católico fervoroso. Rezavam em silêncio pelos sublevados, para que eles salvassem a Espanha do comunismo. Milícias da Frente Popular dominavam a região, implantando sua versão muito particular de justiça. Quando se soube que os dois policiais de Buendía haviam se declarado ao lado dos rebeldes nacionalistas, a casa modesta que lhes servia de chefatura foi cercada pelos milicianos e incendiada com os dois dentro. Meu avô nunca se esqueceu dos gritos dos homens queimados vivos. Mas não é essa história que quero lhe contar, Violeta. Morrer pela pátria faz parte do trabalho de policiais e militares. Mortos os policiais, os milicianos desencadearam uma onda de represálias contra qualquer um que tivesse feito — ou pudesse ter feito, o que na sua lógica assassina dava na mesma — críticas ao governo de esquerda. Isso queria dizer aproximadamente todo mundo. Meu pacato bisavô foi detido por alguns dias numa repartição pública improvisada em tribunal, prisão e paredão. Não encontraram nada de sólido contra ele, exceto a fé em Cristo, proclamada entre as pancadas, mas, pelo sim, pelo não, quebraram-lhe os braços a pauladas. Mas esta também não é a história que eu quero lhe contar, Violeta. Enquanto meu bisavô estava preso, minha bisavó e seus seis filhos avistaram a fumaça que se erguia do outro lado de uma crista rochosa, aparentemente vinda da igreja que servia à comunidade rural. Os sete acrescentaram o padre Xavier às preces que faziam por meu bisavô. À noite, uma claridade sinistra ainda iluminava o céu naquela direção. Pela manhã, o adolescente que viria a ser o meu avô se esgueirou para fora da pequena propriedade da família sem que sua mãe notasse e cortou caminho por atalhos que atravessavam plantações de vizinhos, ravinas estéreis e pântanos, sempre na direção de onde ainda se erguia, teimosa, uma coluna de fumaça. A igreja, como todos temiam, havia de fato sido incendiada. O padre Xavier, outrora um basco alto e orgulhoso, pendia nu, enforcado e inchado do galho de uma árvore, com uma estaca cravada em seu cu. O adolescente que viria a ser meu avô se ajoelhou e rezou pela alma do homem que o batizara e com quem fizera a primeira comunhão. Ele agora transitava entre os mártires no céu, Sebastián estava convicto. Foi vasculhar o casebre onde sabia que o padre guardava as ferramentas usadas na manutenção do templo e de sua pequena horta. Primeiro, voltou com uma escada. Depois, com uma foice de cabo longo. Subiu numa e usou a outra para cortar a corda de onde pendia o corpo do padre Xavier. Retirou a estaca que o profanava. Voltou ao casebre, de onde trouxe uma enxada e um carrinho de mão. Nele acomodou o padre Xavier e o levou para os fundos das ruínas fumegantes do templo, onde ficava um pequeno cemitério. Com a enxada, cavou uma sepultura rasa, na qual despejou o corpo, cobrindo-o de terra e de pedregulhos. Montou uma pequena cruz com galhos de árvores para marcar o local. Novamente ajoelhou-se e rezou pela alma do religioso. O adolescente que viria a ser meu avô sabia que os vizinhos mais próximos da igreja o observavam por trás de janelas entreabertas. Confiava que não o denunciariam aos milicianos. Na verdade, ele não se importava mais com porra nenhuma. Tomara uma decisão.

    O rapaz que seria meu avô voltou para casa pelos mesmos atalhos que o levaram até a igreja. Minha bisavó estava aflita desde que dera pela sua ausência. Ele a puxou de lado, para longe dos irmãos menores, e contou o que vira e o que fizera, mas não o que decidira. Minha bisavó o abençoou. Rezaram todos pela alma do padre Xavier. Passou-se ainda mais um dia inteiro antes que meu bisavô reaparecesse, mais ou menos na hora do almoço. Veio andando pela estrada de terra batida com os braços quebrados pendendo do corpo como duas mangas de roupa vazias. O rapaz que seria meu avô foi despachado para buscar o médico do vilarejo. Mais uma vez, evitou os trechos movimentados, cortando caminho pelos campos. O doutor se recusou a acompanhá-lo. Sebastián foi quem improvisou talas com ripas de madeira para tentar retificar os ossos rompidos do pai. Fugiu de casa naquela noite. Não deixou bilhete, pois nem meus bisavós sabiam ler nem ele sabia escrever. Voltaria somente três anos depois, após o fim da guerra civil, com o generalíssimo Franco já instalado no poder. Descobriu então que, a despeito das talas de madeira, os braços do seu pai haviam ficado grotescamente tortos, impedindo-o de trabalhar nas plantações. A depressão o matara pouco a pouco. Seus restos jaziam no pequeno cemitério atrás da igreja reformada, para a qual um novo padre havia sido designado. O rapaz que seria meu avô contou à família que combatera pelos nacionalistas em Madri e em Barcelona. Durante a campanha, um oficial médico o ensinara a ler e escrever. Durante algumas semanas, Sebastián ajudou a mãe e os irmãos na lavoura, mas logo partiu de novo para a capital, a fim de estudar medicina, ele mesmo. A guerra lhe dera mais intimidade com o corpo humano do que qualquer faculdade poderia ter dado. Matara muitas pessoas. Agora era hora de salvar outras tantas.

* * *

Violeta ouve meu relato em silêncio. Quando abro os olhos, vejo que ela apoia a cabeça num dos cotovelos e me observa.

— Que tal? — pergunto-lhe.

— Que história...

Ficamos em silêncio, contemplando o teto. A pintura em um dos seus ângulos está começando a descascar, revelando uma camada anterior de tinta, de um creme mais escuro, mas fora isso o quarto, assim como a sala, está bem cuidado.

— Que história... — repete Violeta, depois de alguns minutos.

Eu permaneço calado.

— É assustadora, triste e bonita ao mesmo tempo...

Ergo-me de lado, sobre um cotovelo, e encaro o seu piercing.

— Esta é a guerra. Desperta o melhor e o pior das pessoas. Às vezes, da mesma pessoa. Às vezes, ao mesmo tempo.

Agora é Violeta quem permanece em silêncio, considerando o que eu disse.

— Acho que não concordo, não — por fim, ela suspira.

Voltamos a nos deitar de barriga para cima.

— Não houve nada de bonito no golpe no Chile.

— Bem, é o seu ponto de vista.

— Só morte, tortura, exílio.

— É o seu ponto de vista — insisto.

Violeta se irrita.

— E qual é o seu ponto de vista?

— O meu ponto de vista não importa. Importa que Pinochet teve o apoio de grande parte da população chilena. Para essas pessoas, deve ter havido algo de bonito.

— Os fascistas eram uma minoria que oprimia a maioria.

— Esta é uma versão muito cômoda, menina...

Violeta se irrita ainda mais. Ergue-se sobre o cotovelo e encara o meu perfil.

— Mesmo do seu ponto de vista houve algo de bonito — prossigo, ainda com os olhos no teto. — Se Allende não fosse ameaçado no poder, não haveria comício, seus pais talvez não tivessem se conhecido. Se seu pai não tivesse sido preso e apanhado um pouco, talvez sua mãe não tivesse se apaixonado a ponto de fugir do Chile com ele. E vice-versa. Se nada disso tivesse acontecido, nós dois não estaríamos aqui. Ou eu estaria aqui, sim, mas em outro apartamento, com outra pessoa.

Violeta volta a se deitar de barriga para cima.

— Do mesmo modo... — acrescento depois de alguns instantes. — Do mesmo modo, eu estou aqui porque o meu avô enterrou o corpo do padre, decidiu pegar em armas contra os esquerdistas e, depois disso, cursar medicina. Daí eu amar a Espanha, odiar os separatistas, torcer ferozmente por La Roja e ter dinheiro para segui-la mais uma vez até o Brasil, na esperança de que uma desgraça não se repetisse no Maracanã.

 Violeta se anima subitamente, como numa brincadeira.

— Se a câmera não tivesse nos mostrado, eu não teria te beijado. Se a Espanha tivesse ganhado, eu não teria sentido pena de você...

 Quem se irrita agora sou eu. Sento-me no colchão.

— Pena, caralho?

Violeta fala docemente e me desarma:

— Naquele momento, sim. Agora, não. Estou aqui simplesmente porque gosto de você... Apesar de você ser um direitista de merda e achar que La Roja é a Espanha.

 Curvo-me para beijá-la. Gostaria de fodê-la uma terceira vez, mas ainda não estou em condições. Além do mais, sinto um pouco de sono. Acordei muito cedo e não consegui mais dormir, tamanha a tensão com o jogo que inexoravelmente se avizinhava. Juan Pablo e Guillermo ainda roncaram por muito tempo antes que eu os socasse de leve entre as costelas para que não perdêssemos o horário do café da manhã. Na vigília, repassei o jogo contra a Holanda, imaginei possíveis modificações de Del Bosque, tentei nomear os jogadores chilenos para avaliar-lhes a periculosidade, mas só pude me lembrar de Sánchez, atleta do Inominável. Ele não marcaria contra nós. Agora, a concretude da derrota mais uma vez me esmaga. Preciso sair de mim mesmo.

— Você ainda não me disse o que faz da vida, além de conspirar contra a Copa que propiciou o jogo histórico que acabamos de ver no Maracanã.

— Curso sociologia.

— Claro, óbvio, não sei nem por que perguntei.

Minha ironia interrompe Violeta. Escuto-a bufar ao meu lado. Eu, o direitista de merda, fodi a porra toda. Resta-nos dormir, o que não me desagrada. Escuto-a ressonar do meu lado. Escuto-me ressonar, como se vivesse uma nova experiência extracorporal. Durmo e tenho consciência de que durmo. Em algum momento, também percebo que Violeta aproxima o corpinho quente desse corpo que é e não é o meu. Sinto o cabelo encostado em meu ombro, sinto a perna atravessada sobre o meu ventre, sinto a boceta melada encostada em minha coxa. É bom. Tiro meu braço de sob a cabeça de Violeta e a enlaço. Não sonho ou não lembro se sonhei, o que dá na mesma. Quando reabro os olhos, as folhas pregadas na janela deixam passar uma luminosidade diferente. Estamos oficialmente na quinta-feira, e aqueles jornais estão um dia mais velhos. Estamos, ocorre-me de imediato, na manhã de Corpus Christi.

Afasto-me o mais delicadamente que posso de Violeta, que ainda ressona, morena e nua, como uma índia inocente. Fecho o mais delicadamente que posso a porta do banheiro. Olho o personagem de El Greco no espelho. Sorrio. Isto apenas aumenta o meu ar melancólico. Levanto a tampa da privada e dou de cara com um cagalhão, comunitariamente deixado por um dos companheiros de Violeta. O cagalhão boia. Começo a mijar em cima dele, como quem pratica batalha naval. Um cheiro de merda sobe da privada. O cagalhão ainda boia. Termino de mijar, sacudo o pau e puxo a descarga.

Quando volto do banheiro, Violeta se espreguiça e sorri. Vê meu pau agora semiendurecido e faz "hummmm". Ela se estica toda, ergue os braços e os pequenos peitos, entreabre as pernas, exibe os pentelhos rentes e os enormes lábios. Passo por ela, pois ainda não estou pronto. Encosto o nariz nos jornais da janela. A luz se torna um pouco mais intensa lá fora, mas tenho a impressão de que chuvisca.

— Hoje é Corpus Christi — anuncio.

— Sei, um feriado. O que significa?

Viro-me de costas para a janela e vejo que Violeta está de bruços, cabeça e tronco erguidos pelos cotovelos. O travesseiro amassado e seus cabelos negros escondem os mamilos que imagino duros. Moldados pela pressão do colchão sob o seu ventre e a parte anterior de suas coxas, os glúteos se empinam de um jeito interessante. Violeta sorri de novo, como a dizer que sua pergunta não é uma nova provocação.

— É uma festa que celebra a presença do corpo de Cristo entre nós e reforça o mistério da eucaristia. O simbolismo do pão e do vinho na comunhão, entende?

Violeta faz que sim com a cabeça, sem nenhuma convicção.

— Os católicos têm que ir à missa hoje, sem falta.

— Você vai? — ela agora tenta disfarçar o espanto, em vão.

Faço que sim com a cabeça.

— Onde fica uma igreja aqui por perto?

— Perto do seu hotel tem uma, ali mesmo naquela praça em que bebemos ontem à noite com as meninas, não lembra?

A igreja moderna. Faço uma careta. Violeta ri, mesmo sem entender o porquê da minha expressão. Eu também rio. Paro porque me lembro de outra coisa, além do Corpus Christi. Hoje é o dia em que o rei Juan Carlos passará o trono para Felipe. O monarca, pressionado pela velhice e por uma série de pequenos e grandes escândalos, optou pela abdicação a fim de salvar a monarquia. Muda para não mudar. Gosto ainda mais dele por causa disso, mas me entristeço com seu adeus. Minha expressão agora deve traduzir isso, porque Violeta me olha aflita. Eu explico:

— Hoje também é o dia em que a Espanha troca de rei.

A expressão dela se desanuvia.

— Ah, mas não é possível que você se preocupe com isso.

Fico em alerta.

— Não é que eu me preocupe — digo. — Gosto de ter um rei novo, mas gostava de Juan Carlos também. Eu sentia dignidade em sua figura. Apesar dos escândalos...

— Mas ele foi o rei que acabou com o franquismo, não foi?

— Mais ou menos, não foi bem assim, mas rei é rei, e ele está de partida.

Violeta força uma gargalhada.

— Até que enfim, já vai tarde aquele velho idiota...

Não acredito no que ouço.

— O quê?

— Velho idiota. Mandou o Chávez se calar, não lembra? Velho malcriado.

— Ora, caralho, por que não cala a boca você, estúpida?

— Vai defender aquele filho da puta agora?

Não sei o que me dá. Pulo em cima de Violeta, empurro sua cabeça contra o travesseiro e prendo suas pernas com as minhas. Na posição em que está, ela não consegue virar os braços para me atingir. Xinga-me com seu vasto vocabulário, mas meu peso impede que escape. Deixo que ela se canse mais um pouco na tentativa de espernear. Meu pau está completamente duro agora. Deslizo meu corpo para baixo, mantendo a cabeça dela presa sobre o travesseiro e as pernas imobilizadas sob as minhas. Forço suas coxas para o lado enquanto cuspo na minha mão livre e tateio em busca do seu cu. Ela grita, chora e tenta se debater. Forço o meu pau contra o seu esfíncter endurecido até que ele ceda. O progresso dentro dela a princípio é difícil, mas há um momento em que me vejo enterrado entre seus glúteos. É uma visão maravilhosa. Meu pau desaparecendo dentro dela, bem ali. Não preciso me mexer muito para gozar de novo. Violeta chora baixinho e já não se mexe. Admiro o meu pau saindo de dentro do seu cu, cu que permanece aberto por mais um instante, como um navio que parece que vai flutuar antes de afundar em definitivo.

Quando isso acontece, pulo para longe do alcance de seus pés, mas Violeta continua chorando baixinho, sem se mexer. Isso dura alguns minutos, nos quais permaneço contra a parede perto da porta. Violeta então se levanta fungando e passa por mim, sem me olhar. Sinto-me imundo, mas vitorioso. Escuto o ruído da descarga da privada. Violeta passa novamente sem me olhar e começa a recolher suas roupas pelo chão. Faço o mesmo. Vestimo-nos com pressa, sem nos olharmos ou trocarmos nenhuma palavra. Ela arranca o lençol do colchão e some com ele pelo apartamento. Escuto o ruído de chaves e encontro a porta aberta. Violeta está junto ao elevador e, quando saio do apartamento, ela retorna para bater a porta e girar a chave. Descemos em silêncio. O elevador para no quinto andar. Entra uma senhora gorda com um cachorro esquálido, um pinscher preto e nervoso. Ela nos deseja bom-dia, o cão rosna, mas não respondemos. Quando chegamos ao térreo, ela larga a porta do elevador em cima de nós. O porteiro da manhã é tão apático quanto o porteiro da noite. Na calçada molhada, sem se despedir, Violeta aperta o passo e segue para a direita. Decido que dobrar à esquerda é o mais adequado a fazer. Mal dou três passos, escuto às minhas costas a sua voz emocionada e firme, como quando cantou Victor Jara, ontem à noite, séculos atrás.

— Meu nome verdadeiro não é Violeta.

Quando me volto, ela já retomou seu caminho. Fico parado, olhando-a se afastar. Começo a rir sozinho. A velha do pinscher passa por mim e lança um olhar reprovador. O cão rosna de novo. Talvez haja uma lei local proibindo rir sozinho em Copacabana às sete horas da manhã. Sigo até encontrar uma rua larga que conheço de nome, Barata Ribeiro. Ela me conduzirá até as proximidades do meu hotel. Sinto fome, fome demais para caminhar uma distância que já não lembro qual é. Entro numa lanchonete. Como um sanduíche de queijo quente feito num pão de fôrma. Bebo um suco de laranja. Há outras pessoas falando espanhol no balcão, mas pelo sotaque metálico são argentinos. Evito qualquer confraternização idiomática. Eles também olham de lado para a minha camiseta. Cornos.

Em frente à loja de sucos há uma banca de jornal, com exemplares dos diários locais pendurados do lado de fora e cobertos por um plástico transparente que os protege da chuva fina. Eu me aproximo, ainda com o suco e o sanduíche na mão. Num dos jornais, sob a foto de um grupo de chilenos presos pela invasão à sala de imprensa do Maracanã, está uma manchete em português que não tenho dificuldades em decifrar: "Copa acaba mais cedo para a Espanha e 88 chilenos". Abaixo da manchete, há outra foto, de Busquets ajoelhado, com as mãos no rosto, e a bola lhe ocultando a cabeça. Catalão de merda. Belo retrato de uma derrota. Ao lado dessa foto, há um título discreto: "O rei também sai de cena". Deus, que manhã. Dou a última mordida no sanduíche. Passa um negro brasileiro sorridente, empurrando uma bicicleta. Ele me olha e grita:

— Chile!

Com a boca cheia, não consigo mandá-lo se foder, e ele se afasta com um sorriso largo no rosto. Que filho da puta! Entro novamente na lanchonete em busca de uma lata de lixo para descartar o guardanapo e o copo de papel. Só então eu me vejo no espelho atrás do balcão. Não estou usando minha camiseta da Espanha. Visto a camiseta chilena do irmão da menina que dizia se chamar Violeta. Na pressa de fugir de nossa vergonha, trocamos camisetas, como fazem jogadores ao final de uma partida.

Nota do autor

Os contos "Tempo ruim" e "Fragmento da paisagem" são inéditos. "Inverno, 1968" foi publicado originalmente na coletânea *Contos para ler ouvindo música*, organizada por Miguel Sanches Neto para a editora Record, em 2005. "Bloqueio" saiu na coletânea *Dez contos para ler sentado*, organizada por Tito Couto para a editora Caminho, de Portugal, em 2012. "Maracanazo" foi primeiramente publicado na tradução de Philippe Poncet para o francês como uma novela independente, escrita a convite de Jean-Marie Ozanne, da editora Folies d'Encre, da França, em março de 2015.

A.D.

ESTA OBRA FOI COMPOSTA PELA ABREU'S SYSTEM EM ADOBE GARAMOND
E IMPRESSA EM OFSETE PELA LIS GRÁFICA SOBRE PAPEL PÓLEN BOLD DA SUZANO PAPEL
E CELULOSE PARA A EDITORA OBJETIVA EM OUTUBRO DE 2015